ケイコ・韓国奮闘記

西村佳子

草風館

ケイコ・韓国奮闘記@目次

十月……189

十一月……215

十二月……233

エピローグ……267

1月 January

一月四日（火）　晴（-4℃～3℃）

正月休みを終え、久しぶりにソウルに舞い戻った。

リムジンバスと地下鉄を乗り継いでようやくソウル江南のアパートに着く。大阪の実家からおよそ六時間半。近いとはいえ結構な時間である。

留守にしていた部屋はオンドル床にそのまま置いて行った分厚いコートと一緒にひんやりとしている。

「ト　トラワンネー（また　戻って来たね）」

わたしは意味もなくつぶやいてオンドルのスイッチを入れた。と、なにげなく、別れてきたばかりの母の顔が浮かんだ。

日本ではとっくに日が落ちる時間だが、外はまだ明るい。カーテンを開け、すりガラスをはめた窓を開けて部屋の空気を入れ替えた。窓越しに一軒家の松の木が見える。常緑の松は韓国人にも好まれていて、向かいの家のそれは赤い煉瓦の建物とよく似合い、いつも見慣れているのにひときわ鮮やかに映った。松の枝に小鳥が一羽とまっている。その鳥が、ときどき甲高い声で鳴く。アンニョン（今日は）。テーブルの上に置いてあったパソコンを開いた。メールがどっと送られてくる。Y2K問題で心配していたが、なにごともなかった様子。ともかく、五十通以上もあるメールのなかから彼のネームを探す。あった。「OPPA（お兄さん）」。ちょっと胸をときめかせ、すぐメールを開いた。

"A Happy New Year Keiko." カードの背景には緑色の真露焼酎のビンが飛び交っている。たったこれだけ？　しかもまるで他人行儀。そう思って携帯電話を手に取ったが、思い直してかけるのをやめた。まあいいか。わたしも同じ挨拶を送ってやろう。子豚の背景で……。

急におなかがすいてきた。まずはともあれ腹ごしらえ。こんな寒い日はチゲ（鍋）にかぎる。明日からの仕事に向けてマヌル（にんにく）の免疫をつけなきゃ。それも、めっちゃ辛くて体の芯が燃えそうなキムチチゲ。これにまた、焼酎がよく合うのだ。わたしはパソコンを畳むと、オンドル床にほったらかしたままのコートに手を通しマフラーを首に巻いて外に飛び出した。

一月五日（水）　雪のち雨（0℃～4℃）

目覚まし用にセットした「LOVE　LOVE　LOVE」の音楽で目が覚めた。今日は仕事始めで、寝過ごさないようにいつもよりボリュームを大きくしていたものだから、そのけたたましい音に、目が覚めるどころか心臓が止まるのではないかと思うほどびっくりしてしまった。

飛び起きついでにテレビをつけ、日本のBS放送から流れるニュースを聞きながら朝の支度。朝食の準備と出勤の準備を同時にやるのがわたしの得意技だ。そして牛乳とトーストで軽い朝食を取る頃、NHKの朝ドラ「あすか」が七時三十分から始まる。その十五分間、テーブルの前に坐って片時もテレビから目を離さず朝食を口にはこぶ。

出勤。勇んでマンションを出ようとしたとたん、思わずのけぞってしまった。なんと外は銀世界ではないか。こういうときの驚きをどう表現したらいいんだろう。でも、とにかく滑って転んだ。

ソウルの緯度は日本でいえば新潟市ぐらいらしいけど、寒い割に雪は少ない。こんな銀色の世界はめったに見られない。早速、愛用のデジカメに収めようと部屋へ取って返した。が、どこを捜しても見つからない。ゆうべ荷物を整理していてどこかにしまい込んだらしい。正月早々から遅刻をするわけにはいかない。で、ついに断念。（う〜ん、くやしい）さあ、ブーツに履き替えて出勤。

会社は地下鉄で一駅先である。職場に着いて全員顔を合わせると、型どおりの新年の挨拶が始まる。

「セヘ　ポック　マニ　パドゥセヨ（よいお年をお迎えください）」

みんな、本当の挨拶は一ヵ月先にとっておいているみたいな気のない顔で声をそろえた。午後になったら雨に変わり、またたく間に雪が消えてしまった。

帰り際、取引先から電話があり、「T部長のお父さんが今朝亡くなった」と知らされた。韓国の習慣では三日葬といって、当日にお通夜をして二日後の朝に出棺しお葬式をする。近しい人たちはその間ずうっと寝ないで故人に付き添う。もっとも、花札をやったり酒を飲んだりしているらしいけど。

葬儀の服装は、親族はおおかた白い麻の伝統的な衣装を着て、弔問客は黒かグレーの地味な色のスーツを着るのが昔からの習いになっている。興味深いのは、韓国のお葬式では泣き役者といって、近所のアジュマ（おばさん）が「アイゴー」と大きな声で泣いてくれること。日本のようにしんみりと悲しむなんてことはないんだそうだ。なにごとにつけ感情を表に出す韓国人らしいね。

ちなみに弔問の挨拶は「ミョンボグル　ピンミダ（冥福をお祈りします）」という。

わたしは事情が許さなくて、賻儀金（プウィグム）袋を文具店で買ってお金を入れ（相場は五万ウォン＝約五千円〜十万ウォン＝約一万円）、お葬式に出席する人に持っていってもらうことにした。

一月十日（月）　晴（-3℃〜2℃）

一月十日は、わたしにとって記念すべき日だ。二年前のこの日、わたしは新しいビジネスに夢を膨らませ、たった一人でソウルに乗り込んだ。

それまでもわたしは仕事で何度も韓国を訪れていたが、この日は特別だった。降り立った金浦空港も、その背後に開ける景色も、初めて見るように新鮮だった。外は頬が引きつるほど寒かったけれど、胸のなかは熱く燃えさかっていた。

日本で、わたしは大手電機メーカーに勤めていた。企業向け業務用システムの対韓国営業・技術通訳がわたしの仕事だ。

代理店の営業成績はさっぱりだった。電話すると、販売活動はちゃんとしているという。成績不振の理由をきくと、山ほどの言い訳がかえってくる。そして最後には朗らかな声で「ケンチャナヨ(だいじょうぶ、気にしない)」。

「なーにがケンチャナヨだ!」

電話を切ったわたしはそのたびにいきりたつ。業務用システムの市場は十分にある。いっそのこと自分でやった方がいい。こうなったら、今の代理店を整理して自分で事業を立ち上げるしかない。そういう思いに駆られた。

今の会社にいれば安定はしているし、お給料も悪くない。だけど、女である自分が、会社の意思決定に関われる日がいつかくるだろうか……。それには長い時間がかかりそうだった。

しかし、自分で会社を立ち上げれば話は別だ。一度しかない人生、海外で自分の力を試してみるのも悪くないかもしれない……。

　わたしは、それを実行に移した。

　新会社をたちあげるにはどうしたらいいか。わたしが営業部で学んだことは、根回しのしかた。だれが決済権をもっていて、どの順序で提案しなければいけないか、ということ。まずは根回しだ。

　それからは、新会社を作るための強力な株主になってくれる韓国側のパートナーを見つけ出すために、週末に自腹で何度もソウルを訪ねた。

　通訳という仕事がら、韓国の業界のトップ達との面識はある。なかでも最も広いネットワークをもち資金力のある会社の社長をターゲットにした。会社をたずねるだけじゃなく、社長がソウルから亀尾（クミ）までセマウル列車で移動すると聞けば、一緒に乗り込んで「わたしが、日韓のビジネスを成功させますので投資をして下さい」と叫ぶ。はじめは相手にしていなかった社長も、わたしのあまりの熱意というか、しつこさに、だんだん話をきいてくれるようになっていった。最後には株主になることをオーケーしてくれ、日本にも働きかけてくれると約束してくれた。

　問題は、自分の計画をどうやって会社に認めてもらうかだ。こうした事業提案は、会社の事業戦略会議の承認事項である。承認を得るためには、どういう形であれ自分がこの会議に出席して提案しなければならない。わたしは韓国出張のときよく同行していた部長に熱心に頼み込んだ。

「韓国語ができて韓国の情報に強いわたしも会議に参加させて下さい。きっと役に立ちます」

そして幸運にも、出席を認められた。会社の懐の深さに感激し、わたしはなおさら張り切った。韓国での新会社設立の企画書を徹夜で作成し、会議に臨んだ。そして事業戦略会議の論議が韓国での販売戦略に及んだとき、わたしは手をあげ立ち上がった。

「今の代理店を整理して新会社を設立する必要性があります。韓国のこの業界で最も力をもつ○社長はすでに株主になるといってくれています。日本と韓国のパイプ役はわたしがします。私を韓国に送ってください」

そのとたん座はざわつき、わたしの事業戦略会議への出席を許可した常務は目をまるくした。あとは一瀉千里《いっしゃせんり》だった。わたしは、韓国人の気質を、「新しいもの好き」「情にもろい」「おまけが好き」「せっかち」「ブランド好き」などとこまごまと紹介し、各気質ごとに戦略案を力説。そのような韓国人を理解し、会社にとってプラスになるように動かすのはわたししかいない、と声を張りあげた。

すると、上司達が口を揃えていってくれた。「本人の希望だし、会社にもメリットがある」。実は、会議の席で賛成してくれるように前もってお願いしてあった。でも上司たちが本当にそういって応援してくれたときは、とっても嬉しかった。

事業戦略会議でのわたしの提案は、どこかはちゃめちゃで芝居じみていたが、これが韓国に来る決め手となった(と思っている)。今になってみればずいぶん大胆。だけどその時は無我夢中だった。

周りの女子社員達は、「韓国に良い人でもいるの？」なんていったりした。勇気をふりしぼって提案したのに、わかってくれなかったのは少し悔しかったけど、尊敬する諸星先輩は本当に心配してくれて、「日本からできるだけの支援をする。限界が来るまで一生懸命やってこい」といってくれた。

でも、新会社の提案が通ったのはよかったが、思わぬところに難敵がいた。家族や友だち、それにその頃付き合っていた彼氏だった。とりわけ、結婚適齢期の一人娘をどうなるやもしれない仕事で異国にやることに不安を抱いた母などは、今にも死にそうな表情をして泣いて止めたし、彼は押し黙ったまま怒りを通り越した漆黒のような目を向けた。けれど、わたしは韓国に来てしまったのだ。それを母は、いつか、生まれつきの自己中心型のせいだとなじった。

こうして韓国での生活が始まった。とりあえずの住処《すみか》は、ソウル江南区にある十二坪のワンルームマンション。わたしにとっては生まれてはじめての一人暮らしだ。そこまでは、いかにも順風満帆だったが、外国でのビジネスの厳しさを知らされるのに時間はかからなかった。

気がついたら、もう二年も経ってしまった。

現在私は三十一歳。まだまだ仕事が面白い。

一月十五日（土）　晴（-4℃〜3℃）

新会社が設立されたのは九十八年一月十五日だ。この日、仕事を終えてから、社員そろって、近くの料理屋でヘムルチョンゴル（海鮮鍋）を囲んでささやかな設立記念日のパーティーを開いた。

創立当時からいるのは日本とのパイプ役のわたしと、現地パートナー辛《シン》部長だけだが、ここまで来られたのは現在のスタッフ八人みんなの力である。前年にIMFショックがあって韓国経済は泥沼のような状態だったけれど、そんななかで新会社を立ち上げて潰れもせず、多少なりとも黒字を計上できたのは韓国人スタッフが一生懸命働いてくれたから。

韓国の人たちはよく食べよく飲みよくしゃべる。IMFショックを乗り越えてきたエネルギーはそのあたりにあるのではないかと思ったりするが、そんな韓国人のなかでも辛部長はやや異質だ。まずお酒が飲めない。必要以上のことはしゃべらない。訪問客が来ても物静かに話すのでなにをいっているのかわからない。そのくせ仕事はばっちりといただく。トラ年の三十九歳。会社の実質的な責任者で、頼もしい存在だ。その彼も食べることには目がなく、現に黙々と鍋をつついている。そのせいか、ちょっと太り気味である。

隣でひょうきんなことをいってみんなを笑わせているのは朴《パク》さんである。わたしの仕事上のパートナー。背が高くてハンサム。仕事のフットワークはなかなかのもので、エンジニアとしても抜群だ。わたしより三歳年下で、わたしのことを日本語で「お姉さん」という。お姉さんの顔を見たくて会社にいるんだ、なんていっている。わたしのアッシー君でありお気に入り。

そのほかに、わたしの仕事をいつも手助けしてくれる独身女性の延《ヨン》さん。セールスエンジニアでマイホームパパの柳《ユー》課長。名前がジョ・イルチャンなのでわたしがイチロウと名付けたジャニーズ系の若きエンジニア、趙《ジョ》君。二十歳になったばかりの今時の韓国女性、呉《オー》さん。そして恐妻家のエンジニア、呉《オー》さん。これがわが社のオールスタッフである。

会社も若いがスタッフも若くてエネルギッシュ。辛部長の沈着さに加えて、怖いもの知らずの若い力で今年もがんばるのだ。

一次回のピークが少し過ぎたころ、わたしは焼酎のグラスを掲げて叫んだ。

「ワン　ショットー！（一気飲み！）」

そして二次会はホップ（ビアホール）、三次会はノレバン（カラオケ）、四次会はビリヤード、五次会はサウナでアルコールを抜いて九時出勤。これが、韓国のフルコース。すっかり適応しているどころか、今では率先している自分がコワイ。

一月十九日（水）　雪（-6℃～-2℃）

朝から雪が降り、メチャ寒かった。辺りは一面の銀世界で、路面はアイスバーン状態だ。さすがにスカート姿の女性は少ないけど、なかには会社の制服のタイトスカートをはいた女性もいる。見ていてこちらも寒くなる。みんなマフラーやスカーフで身を固めている。が、どうしてか手袋をしている人は少ない。それはともかく、早く家に帰って暖まりたい。

ソウルの環状線である地下鉄二号線の三成駅から宣陵駅、駅三駅、江南駅、教大駅、端草駅に至る道路をテヘラン路というが(イランの首都テヘランには、ソウルの名前が付いた道があるらしい)、わたしの会社はこのテヘラン路沿いの一本道を入ったところにある。この通りにはビルが林立し、雪が降ろうが槍が降ろうが夜の十二時を過ぎようが、あちこちで灯りがともっている。なにしろ二十四時間眠ることがない。食堂はたいてい午後の十時過ぎには閉めるが、コンビニや屋台が大いに活躍している。この辺りは九十年代中盤以降、研究開発型のハイテクベンチャー企業が群れをなして定着したため、最近は「テヘランバレー」と呼ばれている。近くには特許庁があるし、それに対応してか法律事務所も多い。加えて、流行の先端を行く江南の若者パワーがミックスして、エネルギーが満ち溢れている。経済は冷え込んでいるといわれるけれど、今やベンチャー(ハングルではベンチョ)の熱は雪をも溶かす勢いだ。

そんなことを思いながら、アイスバーンの上をスケートして帰った。でも、途中で二度転んだ。

一月二十日（木）　晴・風強し（-10℃〜-4℃）

今日はいちだんと寒く、頬もピリピリしてひきつるほどだった。道路もすっかり凍っていた。大手取引先S電子への提案ということで、わたしは気合いを入れてスカートをはいて行った。外はマイナス一〇度、スカートのせいで体感温度はマイナス二〇度。あまりの寒さに凍えながらも、寒そうにしていて周囲から気弱に見られないかと心配だった。

訪問するには正門前の案内所で登録確認をし、訪問カードをもらわなければならない。この案内所は本社から分離された会社が運営しているみたいで、カウンターのアガシ（お嬢さん）は、女性同士だからなのかわたしにはいつも冷たい。

この日も開口一番、「登録されていません」と、分厚い立体化粧の顔でわたしを睨み付けながらいった。

「S事業部のR理事ですけど、アポイントも取ってあります。お願いします」

こんな遣り取りを繰り返してやっと通してもらう。毎度のことだけど、腹が立つ。

無事入門手続きを終えると目的の事業部まで歩いていかなければならない。大会社だけあって、それが結構な距離である。現場に辿り着いたときは、寒さのあまり口が凍えて思うに任せない。応対に出たK氏になんとかたどたどしく来意を告げると、K氏は、

「R理事は、役員に昇格しました。今朝の新聞に出ていませんでしたか」といった。しまった。案内所にいたアガシの態度の意味が飲み込めた。

韓国ではこういうとき、昇進祝いを持っていくのが慣例になっている。しかし今更どうしようもない。「昇進おめでとうございます」とかなんとかいってごまかしながら、ばつが悪くて仕方がなかった。R氏の机の上は花束でいっぱいだった。

韓国では五十五歳定年退職制が取られているせいか、日本に比べて、全体的に昇進のスピードが早い。ちなみにこの会社の場合、IMF前の昇進は、二十代後半で代理（日本での係長）、三十代前半で課長、後半で部長になる人が多かった。四十代前半では部長、後半になると理事もしくは常務になる。IMF以降は、この昇進スピードが五～六年遅くなった。そのことで不満を漏らしている人も多い。どこの会社のビジネスマンも昇進するのに必死なのだ。

日本にいる時は、いつも韓国側の商談相手の肩書きと同等か上の上司との同行通訳がわたしの仕事だったが、ソウルに来てからは上司もついてきてくれない。丸腰で行かなければいけないのが辛い。日本にいた頃はS電子の社長でも、どんな偉い人でも全く物怖じしないのがわたしの良いところだったのに、この二年間、韓国企業と現地で付き合っている間に　担当者たちの反応が気になったり、緊張す

テヘランバレーを行く

ぎて自然に提案できない自分がいる。

相手の態度も日本からの訪問者がいなければ、やっぱり違ってくる。事務所まで通してくれなくて待合室での商談で済まされたり、玄関まで見送ってもくれないときもある。舐められている感じがして悔しい。「なんとかしなきゃ」。冷や汗が引いてブルブル震えながら、いつも利用させてもらっているS電子の無料通勤バスに乗って一人江南まで帰った。

夕方、知人から自宅の新築パーティーに招待された。韓国語では、新築祝いのことをチップトゥリという（家にはいるという意味らしい）。普通、招待してくれる側では食事の用意をして、訪問側はおみやげを持っていく。おみやげは、洗剤やロウソクや家庭用品が多い。洗剤はいつまでも泡のように家庭が栄えるようにという意味があるし、ロウソクは末永く家が繁栄するようにという意味があるらしい。この日は、永遠に続くかもしれないような宴会になったが、チップトゥリの準備をする奥さんは大変。でも、すごく楽しい宴会だった。奥さん、本当にお疲れさまでした。

一月二十一日（金）　晴（-12℃～-1℃）

今日は大寒日。雪は降らなかったが相当冷えた。

ところで、韓国で五十万人の観客を動員した映画"Love Letter"に出てくる日本語の科白《せりふ》「お元気ですか」は、今や流行語になっている。最近、会った韓国人の知り合いはみんな判を押したように、片言の日本語で「オゲンキデスカ」と話しかけてくる。わたしが「おかげさまで」と答えると、そこで詰まってしまい、すぐに韓国語に戻る。それがおかしい。

一方漫画では、ＩＭＦショックを境に、無能で仕事をサボることしか頭にない、これまでのヒーローとは正反対の「アンチ・サラリーマン」が恰好の素材となっているようだ。人気があるのは「ム（無）代理」という完璧に近い無能さと度胸だけが自慢のサラリーマンを主人公に描いた漫画「ヨンハダヨンへ（うまいもんだ）」。性関係には淡白なム代理とグラマーな奥さんをめぐるエッチなエピソードが、男性サラリーマンからは共感を、女性からは同情を得ているとか。このほか、「天下無敵ホン代理」「金課長、金家長」にもアンチ・サラリーマンが登場し、人気を得ているらしい。

一月二十三日（日）　曇のち雪（-8℃～-1℃）

このところ毎晩遅い日が続いて、今日は昼まで寝ていた。外は寒いし、なにやら気が滅入るし、オンドルの暖かさに負けてずうっと一日、部屋のなかにいた。

オンドルは「温床」と書くとおり床暖房の一つである。アパート（日本でいうマンション）の各家にはガス式のボイラーが付いていて、細長い給湯パイプがキッチンや各部屋の床下をグルグル巡回している仕組みになっている。床は、日本の住宅のような畳やフローリングではなく、塩ビ製のクッションフロアになっているので床下の熱が伝わりやすい。床が暖まれば自然対流が起こり、部屋全体が暖かくなるからほかの暖房器具は必要ない。意外と合理的なのだ。部屋の空気が乾燥するのは困るけれど、洗濯物を床に伸ばして置いておけば、厚手のタオルも一晩で乾いてしまうスグレもので、わたしは結構気に入っている。私の家ではボイラーのリモコン調節器も取り付けてあって、給湯先の切り替えや温度調整、タイマー登録ができる。

気が滅入るわけははっきりしている。最近付き合いだした彼のせいだ。今年に入ってから何度かメールの遣り取りをしただけで、一度も会っていない。そのメールもいたって素っ気ない。お互いに忙しくて仕事の終わる時間もかみ合わないから仕方がないといえばそうなのだけれど、なんだか侘しい。

彼は飛行機のパイロットをしていて、大韓航空に働く親友のナンシーの紹介でソゲティングし、意気投合して付き合うようになった。韓国人らしく陽気な大声でお酒も強く男らしい。歳は四つ上で妹思いの兄の雰囲気があって、わたしは「オッパ（お兄さん）」と呼んでいる。メールのハンドルネームを「OPPA」にしたのも、わたしだった。

仕事では飛行機を運転しているのに、地上では車をぶつけたりする。そういう時わたしは「オッパチョジョンサ　マジャヨ?・（お兄さん操縦士ってホント?・）」といってからかっていた。わたしは日本から仕入れた「機長の一万日」とかいうシリーズ本を必死で読んだりして知ったかぶりをしてがんばった。でも、そんな時間をこれからも持てるかどうかわからない。夜討ち朝駆けみたいにしてビジネスで駆け回っている女性と、不規則な勤務を強いられているパイロットでは、所詮無理なのかもしれない。

まあ、それならそれでもいいか。駄目になったら、またソゲティングすればいいのだ、と思い直した。我ながら変わり身が早い。しかし、だからこそこの韓国でやっていられるのだ。

ソゲティング（紹介ティング）というのは、気心のわかっている知人に、きっと似合うだろうと思う自分の友だちを紹介するという、いわば見合いみたいなものである。セッティング（時間と場所やその人の特長などの紹介）は仲介者がし、その現場には行かない。あとはお互いに気に入れば食事に行くが、どちらかが気に入らなければ、その場で別れる。そして食事までうまくいったら、今度は男性から次の日にアフターコールを女性にする。仲介者は一旦紹介したら、そのあとは一切干渉してはいけない。これが団体になるときもある。

韓国では大学時代からソゲティングが盛んに行なわれ、みんな必ず何度かは経験している。見合いのように堅苦しくなく、合理的でいいなと思う。

これは韓国の若者世代の、独特の文化といえるだろう。そう、ソゲティングは文化なのだ。文化は大事にしなくてはいけない。

一月二十七日（木）　晴れ（-11℃～-2℃）

韓国人は大統領をネタにしたジョークが大好き。ひとつ今はやりの金泳三（キム・ヨンサン）前大統領ネタを紹介すると……。

金泳三大統領が、アメリカのクリントン大統領に会うために英会話を勉強しようと思い立ち、通訳者を依頼した。通訳者は、「なにも心配することはありません。"How are you?"といえば相手はかならず、"I'm fine thank you and you?"と聞いてきますから、"Me too"と答えればいいんです」と教えた。

さて、クリントン大統領に会ったとき、金泳三前大統領は緊張のあまり"Who are you?"と聞いてしまった。クリントン大統領が、「私はヒラリー婦人の夫です」と茶目っ気たっぷりに答えると、金前大統領は通訳者から教わったとおり、"Me too"と答え、ダメを押した。

これは、ソウル大学を出ていながら英語に弱いといわれる元大統領を皮肉ったネタだ。

部屋の壁に縦百センチ横百五十センチほどの大きい油絵が掛けてある。知り合いからいただいたものだ。韓国の農村の、春の景色が描かれている。緑を基調にした淡い色彩の絵で、農家の庭先に黄金色のケナリ（レンギョウ）が咲き誇っている。オンドルの暖かさに包まれて絵を眺めていると、思わずその絵の世界に吸い込まれるような気がする。毎日寒い日が続いていると、いっそ絵のなかに逃げ込みたくなる。

一月ももう終わりに近い。春が待ち遠しいな。

2月 February

二月三日（木）　晴のち雪（-6℃～3℃）

明日から六日までは韓国の正月（ソルラル）だ。今朝のわたしの主な仕事は、取引先への一日早い新年の挨拶。午前中、電話で「セヘ ポック マニ パドゥセヨ（よいお年をお迎えください）」とか「ソルチャル チネセヨ（良いお正月を）」と挨拶しまくった。おかげで声が嗄れてしまうほどだった。でも、年賀状は出さなくていいのでその点は日本より楽かもしれない。

昼からは大掃除をし、終えると社員たちはいそいそと帰っていった。心はすでに故郷に飛んでいるはずだ。なんだか、わたしだけが取り残されたみたい。

韓国ではこの時期、だれもが故郷に帰る。儒教のお国柄だけあって親や祖先を敬う気持ちは厚い。故郷の家では家族みんなが顔をそろえ正月料理を囲む。そして、トックという小判のような形にしたお餅を入れたスープを食べる。これは薄味で、日本人にも結構いける味だ。

正月料理は当然として、一般に韓国の伝統的な料理である韓定食などは、たくさんの品数の料理をテーブルいっぱいに並べる。それが十五、六品から二十品もある。わたしは韓国に来て初めてそれをご馳走になったとき、残しては悪いと思って全部食べ、おなかがはちきれそうになって往生したことがある。韓国では残すのが当たり前なのだそうだ。むしろ、全部食べると物足りなかったと思われるのだという。なんとなくわかるような気がするけど、やっぱりもったいないなんて思ってしまう。

会社の帰り、いつも夜十一時過ぎまでやっているパン屋さん"New York Bakery"に寄って夕食用のパンを買った。ここはわたしのお気に入りの店で、フランスパンや麦やトウモロコシのバケットなどが置いてある。

韓国では、クリやクルミなどを葡萄パンのように混ぜ込んだスライスしていない食パンをよく見かける。二千ウォン（約二百円）ぐらいで、間食に何人かで手でちぎって食べるのである。それを買って帰り、アパートで一人寂しくかじった。

二月六日（日）　雪のち曇（-4℃～2℃）

金曜日の夜、彼からメールが来た。開いてみたら、「LAでゴルフをしてオフを楽しんでいる」――たったのこれだけ。韓国の男って、ゴルフをしたら、次の日は絶対に十人以上には自慢するんだから。

結局、昨日はなにをする気も起きなくて、よく行く三成洞の現代百貨店に行ってブラブラしていた。

正月のデパートはアベックや家族連れだらけで、なんか寂しくなってワインとチーズを買ってそそくさと帰ってきた。どこか気持ちに収まりがつかなくて、横になって終日CDをかけていたが、「ファーストラブ」を聴いているうち、不意に涙がこぼれた。完璧なホームシック状態で悲劇の主人公になっている。わたし、何のために韓国まで一人で来たんだろう。

こんなときは、サウナに行ってアカすり＆オイルマッサージのフルコースを受けたり、近くの公園に行ってやみくもに歩いたり、友達誘ってお酒飲んだりしているうちに、気がついたら元気になっている。結局、単純てことかな？

今日は気分を入れ替えて、朝から掃除に洗濯とまめに動き回った。でも、たかだか十二坪のワンルームマンション、午後になったらなにもやることがなくなった。外は寒そうだし、こんなときはインターネットでネットサーフィンと決め込む。

そのついでに、日本にいる友人のホームページを覗いた。彼は文芸系のサイトを持っていて、ちょっと茶目っ気を出して「おみくじ」を引かせている。その日の運試しと銘打って、くじを引くと大吉から大凶まで七種類の占いが出てくる仕掛けになっている。まずは試しと引いてみたら、なんと、「大吉」と出たではないか。ラッキー！　この運を逃す手はない。ネットゲーム、ネット麻雀、ネット競馬、片っ端から挑戦してやれ。

やってみたら、これがなかなかの好調。わたしはすっかり舞い上り、ボードを叩きマウスを走らせた。が、ネット競馬の最終戦で見事に落馬。はっと我に返り、窓に目をやったらもう日が落ちていた。

二月九日（水）　晴（-4℃～-1℃）

正月休みも終わり、仕事も本調子に戻った。

わたしの仕事は、日本で開発したシステムを輸入して韓国のユーザーに販売する仕事のほか、韓国でモノを作って日本に輸出する仕事の両方をしている。モノづくりの方は、家電や自動車部品、モバイル機器などいろいろ扱ってきた。日本側の目的はコストダウンだ。

という訳で日本から商品のでき具合を確認にしょっちゅう来韓することになる。窓口はすべてわたしなので、お客様の在韓中はフルアテンドをしなければならない。今日も日本からの来客を空港で迎え、現場に案内して試作品の説明をし、夜は接待、翌朝はホテルでピックアップして空港まで送り届ける、というように駆け回っていた。

仕事が始まれば、毎日のようにこんな日が続く。ビジネスの世界は女だからといって手心を加えてはくれない。むしろ、女性の地位が低いこの国では、現実は厳しい。モノづくりの感覚や常識が違う韓国人を叱ったり、持ち上げたりして日本のお客様の満足いく商品を製造してもらい、クレームに対処しなければならない。なにごとにつけて先を行くという気概とタフネスさが求められるのだ。なんちゃって、ちょっとカッコつけすぎ。最近　日韓両方から「人使いが粗い」といわれるのは結構気にしてるんだよね。女らしくしなくちゃ。

話は変わる。

二十代～三十代の既婚男性が、旧正月などの名節に受けるストレスの最大の原因は、「妻のいらだち」だ、という結果が出ていた。

ブライダル情報会社の(株)デュオが最近、首都圏の二十代～五十代の未婚・既婚男女八百人を対象に実施した「名節文化に関する意識や実態調査」の結果で、二十代～三十代の既婚男性の三八・五パーセントがこのように答えている。

韓国では日本のお盆にあたる秋夕や正月には、家族中が集まって先祖を祭る。そのとき、行事の表舞台に立つのは男だけで、女は徹夜でごちそうの準備をするなど裏方に徹する。ごちそうの量が半端でないので、これがすごい重労働なのだ。

わたしは独身なので、あくまでも想像だけれど、仕事面での社会進出によって自信をつけた二十代～三十代の若い妻たちが、家のなかで裏方に徹することに「いらだち」を持ち始めたということなのではないだろうかと考えている。

また、男性がそれを敏感に感じ取れるようになったのと、その一方で、女性の「いらだち」を包み込んでしまうような「自信」が持てなくなったために「ストレス」が増えたということではないだろうか。ただ、既婚の女性(アジュマ)を外で見ていて、二十代~三十代のアジュマよりも四十代~五十代のアジュマの方が、ずうっと自己主張は激しいし、男性にとっては怖い存在だろうと思う。そのバイタリティがこの国を支えているみたい。

わたし自身の密《ひそ》かなライバルは、そんな四十代~五十代の韓国アジュマたち。行動力でも声の大きさでも負けるもんかと思っている。もちろん、男性にも負けたくない。そう思って、毎日仕事に駆け回っているのだ。

二月十四日(月) 晴(-2℃~2℃)

今日はバレンタインデーだ。昨日、ロッテ百貨店に行ってみたら、チョコレートコーナーに女性たちが群れをつくっていた。

韓国でも日本と同じく、恋人に贈る本命チョコと家族、職場の男性社員に贈る義理チョコの習慣がある。特に人気があるのが、パグニという飾りのついたバスケットに色とりどりのチョコレートを自由にセレクトして詰めた一万ウォンほどの物。義理チョコは、五千ウォン程度らしい。日本のように、手作りや凝ったデザインの物は少なく、なんか簡単な感じ。女性たちは、三月十四日のお返しも結構期待しているみたいで、渡すときは来月のホワイトデーを忘れないでね、なんていいながら配っていた。

わたしはといえば、本命チョコの相手はどこかの空を飛んでいて、全部義理チョコ、かな。でも、心は込めてます。

ちなみに、四月十四日は、ブラックデーといってチョコレートをあげる人ももらう人もいない悲しい人たちが、チャジャン麺（色は確かに黒っぽい）で慰め会う日なんだって。なんかくらーい。

二月十五日（火）　晴（-10℃～-4℃）

このところ晴れた日が続いている。事務所のわたしのデスクは窓際にあって、ガラス越しにちょうど外が望めるようになっている。事務所の付近はオフィスビルが多いが、そこに働いている人たち相手の食堂やレストランも多い。わたしがいつも行く食堂もコンビニも、そして美容室もみな近くにある。ここに来てそう長くはないけれども、すっかりと馴染んだ街だ。

その一筋先が憧れのテヘラン路になる。近代的な高層ビルが建ち並んで、ＩＴ関連を始めベンチャー企業がひしめきあっている。韓国が、将来の発展をめざして国家の威信をかけてつくったニュービジネスの街で、広い道の両側には大極旗（国旗）が掲げられている。歩道とグリーンベルトはプラタナスの並木に覆われていて、新緑の時期はそれだけでまぶしい。

わたしは今の会社を立ち上げる前のいっとき、準備のために、そのテヘラン路に面する高層ビルの一室を使っていたことがある。しかし、実際に会社を設立するときは、後ろ髪を引かれる思いで、あえてそのひとつ裏の通りにあるこのビルの一室を借りることにした。ニュービジネスの苛酷さを予想しての選択だった。でも、いつの日か、テヘラン路に進出したいと思っている。

そのテヘラン路沿いにあるプラタナスは、いまは葉を落として、じっと春の来るのを待っている。

話は飛ぶ。

さて、今、韓国は高金利の国、日本は超低金利の国、というのはよく知られている。わたしもこの金利差を実感するケースがしばしばあった。今日のニュースでは、「ソウル債券市場で三年満期の会社債が年九パーセント台に、三年ものの国債は年八パーセント台に下落した」と報道していたが、下落してもこんな値だ。市中銀行の定期預金の利子も結構高い。

小額の普通預金しかないわたしでも、たまに通帳を記帳して利子が付いていると、思わずこれで一食、食べられるなと思ってしまう。いつかこのことを母に話したら、母は目をまるくして、「わたしも韓国の銀行に預金を移そうかな」だって。超低金利の日本、その気持ちもわかる。

わたしの家もそうだが、韓国ではチョンセといって、アパートを借りる場合、大家さんにまとまった保証金を預ける制度がある。ただし、その代わり、月々の家賃はないし、アパートを出るときにはそのまま保証金が戻ってくる。つまり、大家さんは、預かった保証金を社債や国債、ファンド、株、預金などに投資し、その利益・利子を家賃代わりにするのである。もちろん、チョンセではなく、日本のように月ごとに定額の家賃を払う仕組みのウォルセもあるが、チョンセの方が一般的だ。

ところで、韓国の高金利は一定ではなく結構上下する。したがって、大家さんの収入も浮き沈みが激しくなる。高収益商品に投資した場合などはリスクも多いだろう。アパートを経営するなら、ウォルセで安定的な収入を望んだ方がいいと思うけど、なぜか韓国の大家さんはチョンセを選ぶ。

仕事で顧客先にモノを売る場合など、韓国では現金払いを前提に商談を進めることが多い。でも、初めての取引先のなかには、成約の段階になってからいきなり三ヵ月とかの手形支払いを条件に注文書を送ってくることがある。信用のこともあるが、金利だけ考えても実質二～三パーセントの値引きと同じなので、シビアな問題となってしまう。

二月十六日（水）　晴（-9℃〜-1℃）

先週あたりから少し寒さが和らいだかなと思っていたら、昨日からまた強烈な寒さに逆戻り。今日は、通訳業務の最終日。三日間連続、一人で通訳を続けるとさすがに疲れる。今回はわたしがアサインした技術者の通訳だったので、通訳をしながらも全体のスケジュール進行をしなければならないので、よけい気を使ってしまう。おまけに今朝は、ＮＨＫのＢＳで、日本でも寒波が押し寄せ、雪による交通機関への影響が大きいと告げていたので、もしかして出張者の帰国フライトが欠航にならないかと心配でならなかった。結局、仕事のバタバタのなかで天気のことなど忘れてしまったけど。いつもどおり、フライトの一時間ちょい前に空港に着いたら、定刻どおりに出発するようなので安心した。

しかし寒い。こんな寒い日は、夕食のときの焼酎もいいけど、マッコリ（濁酒）のような韓国の伝統的なお酒も体が温まっていい。マッコリは麹を使わずに米をすりつぶしてつくった酒で、文字どおり白く濁った酒だが、ちょっと酸味があって口当たりもいい。これを飲みながらチゲ（鍋）でもつついたら、ほんと、身も心も温まる。寒がりやさんには、とくにお勧めだ。

二月十八日（金）　晴（-8℃〜-3℃）

韓国人のケンチャナヨ気質が良く発揮されるひとつは結婚式だとわたしは思っている。わたしは知り合いの韓国人の結婚式によく招かれるが、今日は、取引先の技術者の結婚式で今では珍しくなった「古式ゆかしい韓国式」を経験した。新郎新婦は伝統的な婚礼衣装を着ている。わたしの会社からもお祝いの花輪を出したのだけれど、「○○株式会社 木村常務取締役」のはずが、「○○株式会社 木林常務」とデッカイ字で書かれてしまった。風で倒れたりしたが、全くケンチャナヨ。式は、式場の中庭で行なわれ、みんなが遠巻きに見るなかで、なんか儀式らしきことをやっていた。椅子もあるけど、韓国人の苦手な指定席ではなく、どこに座っても構わない。立っている人も多い。そもそも、韓国では日本みたいに招待状をきちんと出して、人数を確認してなんてことはしない。何人きたってケンチャナヨなのだ。

儀式が終わり新郎新婦がいなくなると、日本だと「披露宴」となるわけだが、韓国の場合は単なる「食事」の時間になる。新郎も新婦もいないところで、自由席でちょっぴり高級なごはんを食べる。適当に座って、適当に食べて、適当に帰る。古い人だと、通りがかりのホームレスにも入ってもらうよう勧めるらしい。う〜ん、やっぱりケンチャナヨ気質《かたぎ》。

以前、ある公務員（部長）の息子の結婚式に出席した時だったが、なんと、職場である市役所関係のビルで式を行なっていた。ここにお金を包んでお祝いを持って行くわけだが、場所が場所なので、なんとなく「いけない金」を持ってきたような錯覚に捕らわれてしまった。ハハ、、。この時は、新婦の顔も見られずに、地下社員食堂で食べて帰ってきた。

日本の場合、前準備などで結婚式が終わった時点で既にくたびれてしまっている新夫婦が多すぎる。わたしには韓国式の方が合っているかも。

二月二十五日（金）　晴（-6℃～3℃）

日本の本社から諸星先輩が来てくれた。彼は海外担当をしていて、数カ月に一度来韓する。わたしが韓国での事業を立ち上げるときに親身になって助けてくれた心強い上司だ。仕事上では上司だが、わたしにとって兄のような存在である。営業成績が上がらない時に悩んでいたり、韓国人とビジネスする難しさもこの時ばかりは思いっきりぶつけることができる。

この日の日課をひととおりこなしてから、夜、二人でウナギを食べにいった。会社の近くにはミンムルジャンオ（淡水ウナギ）の店がたくさんあって、店の前に大きな水槽を据えてウナギを飼っている。その生きたままのウナギを料理して食べさせるのだ。ウナギ料理は、韓国でも精力料理として好まれている。

韓国にも、日本のように身を開いてじっくり焼く蒲焼きがあるが、ウナギの炭焼きも結構いける。早速、炭焼きを二人前頼むと、アジュマが三、四匹のウナギを生きたまま皮を剥いで持ってきた。ウナギは網の上で炭火で焼かれ、それをアジュマが鋏で輪切りにしてくれる。ちょっと残酷なような気がするけど、なかなか豪快だ。味付けは、醤油とワサビ、または唐辛子味噌（コチュジャン）につけて好みに合わせる。味は蒲焼きの方がいいかなと思ったが、油を抜いたウナギをまるごと食べられる炭焼きのウナギの方が、健康にはいいように思う。

諸星先輩はビール党で、焼酎の方が合う辛い韓国料理でもビールで通す。焼酎党のわたしも、この日は諸星先輩に敬意を表してビールで通すことにした。

野菜の上にウナギとニンニクに生姜、その他の薬味をのせて包んだ物を頬張りながら、わたしは、韓国で生活していて辛いことや悔しいことをまくしたてた。（楽しいことや嬉しいことは、だれにでも話せるから）

しばらくして諸星先輩がなにか思うことがあるような表情でわたしの顔を見つめ、溜めていた息を吐くようにいった。

「きみの仕事も軌道に乗ってきたことだし、そろそろ日本に帰ってきてもいいんじゃないか？」

わたしは、日本にいたとき先輩に向かって「三年間を目標にして道をつくったら、日本に帰るつもりです」と宣言したことがあったのを思い出した。

「でも、まだソウルでの仕事の目標を達成していないと思うし……」

わたしはどの時点なら達成したといえるのかと思いつつ、そんな返事をした。

「今いる人たちを信頼したらいい。それより、韓国にこだわる理由がほかにあるんじゃないのか？」

「それはですね……わたし、この国が好きなんです。一日に何回もムカつくことがあるけど、この国の人たちが好きなんです。韓国だからわたしの力が出せてビジネスも成功すると思う。それに……」

わたしはちょっと躊躇してからいった。

「わたし、テヘラン通りにデッカイ自社ビルを構えるのが夢なんです」

それは嘘ではなかった。

「あははー、今のはちょっと大きくいってみただけー」

でもやっぱり諸星先輩の目はごまかせない。

「そうか、君もまだまだやる気があるみたいだし、だんだん大きくなって行く君を見るのは嬉しいよ。君の人生だから君の思うようにしたらいい。おれもたいしたことはできないが、君の夢に協力するよ。ただ、頑張るのはいいけど、あまりムリをしすぎて体をこわさないようにね。今日も少し化粧の乗りが良くないみたいだし」

諸星先輩は、突っ走るタイプのわたしにいつもタイミングよくアドバイスをしてくれる。他の人から「化粧の乗りが良くない」なんていわれたら、頭に血が上るところだけど、先輩の前では素直な気持ちになれる。

いつもだと、そのあと屋台に繰り出すのだったが、この日はその場で別れた。わたしは、地下鉄だと一駅先の家まで歩いた。

部屋に入りオンドルのスイッチを入れ、暖まるのを待って床にうずくまった。そうだ、女を忘れてはいけない。美人でスマートで仕事ができる女性を目指さなきゃ。そしてそのままの姿勢で、壁に掛けてある大きな油絵を見つめていた。やがてわたしは、その絵のなかに入っていった。

二月二十八日（月）　晴（-6℃〜0℃）

月末の月曜日。このなんともいえない巡り合せはどうしたものだろう。仕事の締めくくりとスタートが同時にやってきたみたいで、なにが起こるかわからない。

日本からの新しいお客様と午前中に打合せを終え、昼からは仕事もそこそこに韓国の電子街を案内することになった。

そこは竜山電子商店街といい、日本でいえば東京の秋葉原か大阪の日本橋電子商店街といったところか。いや、それよりも大きいかもしれない。

一号線の「竜山駅」か地下鉄四号線の「新竜山駅」で下車すると、駅前から路上に夥しい数の電気屋が店を出している。少し歩くと、五～八階建ての大きなデパートみたいな建物が軒を連ねている。各階のフロアには、何十軒もの電気屋がテナントとして入っていて、いわば電気屋の雑居ビルの態である。PC、ネットワーク、周辺機器、CDソフトなど、品物はどこも似たようなものばかり並べているが、市場定価よりも四〇パーセントぐらい安く、交渉しだいでもっと安くしてくれる。

ビルの前の道端では、キャンペーンガールを使った派手なイベントが繰り広げられている。そのおおかたは、携帯電話やインターネットプロバイダーへの加入の勧誘だ。韓国では主にUnitel、Hite、Collianといった代表的なインターネットプロバイダーが市場を占有していて、一ヵ月一万ウォン～一万五千ウォン（電話代別）を払えば使いたい放題である。日本に比べるとはるかに安い。ただし、時間帯によっては回線が混雑し、全くつながらなくなるのは日本の安いプロバイダーと同事情のようだ。

さて、件のお客様の関心はIT関連の市場が韓国でどの程度広がっているのか、また今後どれだけ広がるのかにあったようだが、さすがプロらしく、竜山電子商店街を歩きながら頭のなかで素早く計算機を弾いていた様子だった。

夜は南大門近くの屋台に案内した。これもお客様の希望で、事前にいろいろ調べてきたらしいが、しっかり食べて飲んで、ついでに近くの眼鏡屋で眼鏡をあつらえていった。

3月 March

三月一日（水） 晴（-2℃～8℃）

今日は独立運動の日で休日。この日は、一九一九年三月一日、日本統治下の朝鮮で始まった朝鮮民族の独立運動の記念日に当たる。いわゆる三・一独立運動で、当時の京城（現在のソウル）での独立宣言の発表を契機にして民衆の大示威運動が起こり、たちまち全国に波及したものの、日本側の軍隊や警察に鎮圧された歴史的事件である。韓国では、民族の誇りをかけた闘いとして今でも語りつがれ、各地で記念祝典が開かれている。

そういう歴史的な日だったけど、わたしは、久しぶりに家でゆっくりくつろいでいた。

部屋の片付けついでにデジタルカメラの画像ストックを整理していたら、先日、昼食時に撮った写真が出てきた。会社のアジョシたちが賑やかにツクミポックン（イイダコの鉄板焼）を食べている写真で、カメラを向けられ、みんなポーズをとっている。

ツクミポックンはアジョシたちの人気メニューの一つで、一人前で六千ウォンくらい。キャベツにモヤシにニラなどの野菜をいっぱい入れたなかに、たくさんのイイダコを入れて炒めたものだが、見かけよりはずうーっと辛い。もちろん、うまくないはずはない。同じ材料を鍋にしたものもあり、こちらはツクミジョンゴル。

韓国人はイカが大好きだが、タコもよく食べる。大きなタコは「ムノ」、やや小さめのタコは「ナクチ」、そしてイイダコが「ツクミ」となる。

ところで、韓国では、食堂であれ居酒屋であれコーヒー店であれ、一人で行くという習慣がない。たいがい、家族とか友人とかで一緒に連れだって行く。なにしろ一人で行くと間違いなく不審者に思われるのだからたまらない。わたしは近くのＬＧ25（コンビニ）に寄って、夕食の材料を買った。食材を買うといっても朝食以外ほとんどを外食で済ませるわたしが求めたのは、五百ミリリットルの缶ビール二本（千二百ウォン）とインスタントの辛ラーメン（四百八十ウォン）、そしてキムチ一袋（千ウォン）だけである。

というわけで、夕食はキムチラーメンもどきとビールになったしだい。それをテレビの前のテーブルに置いて、擦り切れるほど見た映画ビデオ「シェリ」を観賞する。「ハンソッキュかっこいいなー」と見とれながら、クイクイ飲んでズルズル食べた。ああ、極楽極楽……。

三月三日（金）　晴（4℃～11℃）

日本なら雛祭り。それとはまったく関係ないが、友達にもらったエステ（韓国語では皮膚管理室という）の無料チケットがあったのを思い出し、会社帰りに行ってみた。通常なら、一回八万ウォン（八千円）相当するらしい。

なかに入ると、部屋に案内され、ガウンに着替えておなじみのアカスリ寝台（オンドルのように暖かかった）に寝ているようにいわれた。ところがなかなか担当の人が来ない。いいかげん痺《しび》れを切らせていると、若い女性が入ってきて「お待たせしました」のひとこともなく、いきなりクレンジングから、マッサージを始めた。やがて、冷たいクリームやら粘土のようなパックを塗りたくられたり、熱いタオルを被せられたり。その間、やはり無言。

日本だったら、「これは○○のクリームです」とか、「少し熱いですけど」なんて声をかけてくれるのに、それがまるっきりなし。自信に溢れているといえばそのようだし、素っ気ないといえばそうでもある。でも、気持ちよかった。特に、背中と両腕のマッサージは、痛くてすこぶる気持ちがいい。最後に、パンパンと肩を叩かれたらおしまいだった。

さて、帰る準備をしていると、そこの室長というマダム系の女性が来た。その室長、わたしの体を上から下まで舐《な》めるように見て、

「あなたは、もっと管理をしなければいけません。このＤＮＡエッセンスは、春に向かってあなたを

キガマッキゲ（気が狂うほど？・）奇麗にしてくれますよ。ですから、五十回分を購入してお手入れをしてください」だって。

結局、気の弱い（？・）わたしは、そのDNAエッセンスを十五万ウォンで買ってしまった。これでDNA効果が本当に現れるかな。Nobody knows。

三月六日（月）　晴（0℃～7℃）

今日は、ソウルの地下鉄事情といこう。

ソウルの地下鉄は一千万人を抱える大都市だけあってかなり発達しているし、実際便利だ。一号線から八号線まであって、二号線は都心部を囲むように走っている環状線で、東京でいえば、さしずめ山手線というところか。わたしは通勤で毎日利用しているし、仕事でも頻繁に使う。（実をいうと、社内の人たちはみんな車を持っていて、わたしだけ持っていない。ソウルの神風ドライバーたちと一緒に運転する度胸がないのだ）

そんな身近な地下鉄だが、そこは韓国、日本の文化との違いが地下鉄のなかでも見られる。そのいくつかをあげてみよう。

一、いつでもお年寄りには席を譲る

たとえ朝夕の通勤時間帯でも、お年寄りが目の前に立てば、ほとんどの人がすすんで席を譲る。日本のように、寝たふりをしているケースはあまり見かけない。一方、空席へのダッシュ力や横入り、隙間へのお尻のねじ込み力では、韓国のアジュマの方が日本のオバサンの上を行っている。とにかく、その馬力には舌を巻く。

二、車掌はせっかち

まず、ドアが開いている時間が短い。きちんと計ったことはないが、平均的にドアの開いている時間が短いような気がする。降りる人の少ない駅などは、予め準備しておかないと、乗り込む人がじゃまで降りそびれる。そういえば、ソウルの横断歩道の歩行者用信号機もせっかちで、道の途中に来るか来ないうちに点滅を始める。どうやら、これは、韓国人の気質のようだ。

三、携帯電話がやたらとウルサイ

韓国、特にソウルの携帯電話の普及率は非常に高い。子どもから老人までほとんどの人が持っている。しかも地下鉄でも携帯電話が通じるから、朝から携帯のベルの音が鳴りっぱなし。さらに、小声でしゃべるということを知らないのか、車内いっぱいに響き渡るような声で話している人が多い。そんなお国柄、携帯電話が鳴っているのに知らずに居眠りをしている人がいると、隣の人が「チョナ（電話）」と起こしてくれる。

四、雑商人がいっぱい

最大の特徴は、なんといっても車内での物売り。朝のラッシュアワーから商売を始めている。体の不自由な人が乗客の膝の上に勝手にガムやティッシュペーパーを置いていき、その車両を一回りしたあと、ガムなどと引き換えに代金や寄付金を集めて歩く、というのもある。わたしはどうしても突き返すことができず、ついお金を払ってしまう。ソウルの地下鉄は物売りの天国なのだ。（でも、そのうち規制されるかも）

韓国では、この商魂たくましき物売りのことを「雑商人」と呼んでいる。地下鉄こそお金のかからない最高の商圏だと思っているのか、雑商人たちは、販売人とサクラとがコンビになって見事なチームプレーを展開する。しかも、それぞれにシマもあるらしいのだ。確かに、一つの車両に複数の雑商人が重なることがない。

まず、販売品目がお互いに異なる二人一組の雑商人が乗客の多い地下鉄駅に集まって順番を決め、その順番通りにサクラ二、三人と一緒に地下鉄に乗車する。販売チームの一人は取り締まりを見張り、一人はサクラが乗っている車両から商品を販売し始める。

問題は販売する商品の大半が不良品だということ。多くは、中国からの輸入品らしい（決して中国製品だから不良品が多いのではなく、もともと不良な設計品や、へたくそなコピーを安い賃金の中国でつくらせたものが多いからだろう）。わたしも何度か染み取りや、裁縫道具を千ウォンで購入したことがあるが、そのどれも使えるようなものではなかった。でも、あの勇気とセールストークには脱帽したくなる。わたしにも、あんなパワーがあればと思ってしまう。

三月十日（金）　晴（0℃〜10℃）

夜、親友ナンシーの誕生パーティーがあったのだ。延世語学堂留学時代からの親友で、集まったメンバーはみんな同期の友だち。わたしを除いては、英語圏からの留学生でいわゆるチェミキョッポ（在米韓国人、つまりアメリカに住んでいる韓国人）である。出会った頃は、辞書を片手にハングルを話していたのに、今ではみんな、ソウルでそれなりの企業に就職して英語とハングルで仕事をこなしている。お互いの誕生日には、韓国の習慣どおりに誕生日の主人公が友だちを招待して食事代を持ち、友だちは、プレゼントやケーキでお祝いをする。

一次会というのも変だけど、まずは、金浦空港近くにある刺し身屋「郡山フェチップ」に行った。そこは、刺し身の味はそこそこだが、ツキダシ（韓国語でそう発音する）がすごい。ツキダシの語源は日本語の飲み屋で出されるあの「突き出し」で、注文をしなくても自動的に出てくる料理という点だけはもとの意味そのままだが、その量と数においてまったく別のものと化してしまっている。「郡山フェチップ」でも、出てくるツキダシは十種類以上、魚から生蛸、貝類と、次々にテーブルに並ぶ。みんな食い気旺盛だが、とにかくツキダシだけでも食べ応えがある。

さすがに、刺し身屋でケーキを広げるのは無粋なので、二次会はカフェに行った。韓国のカフェやホップ（ビアホール）はケーキ持ち込みＯＫで、バースディソングを頼めば適当な時間に流してくれるし、まわりの人も祝福してくれる。わたしはこんな祝福の瞬間が好きだ。

わたしたちは、来た当時の苦労話や、韓国人にはできない自分たちの仕事について、夜の更《ふ》けるのも忘れて語り合った。そのうち、わたしたち女組の間では当然のなりゆきとして、韓国人男性のことが話題にのぼった。アメリカから来たキャサリンは、「韓国の男性は、幼い頃から両親に頼りすぎて自立心がない。結婚すれば自立するどころか妻に頼りきり。それでも、子供ができれば少しずつ自立心が芽生《めば》えるようだけど、大部分の女性が苦労をしている」とまくしたてた。

一方、大韓航空に勤めるパイロットの彼氏を連れてきたナンシーはそんなことなどどこ吹く風、手なんかつないでイチャイチャしてキスまでしている。

終わりに近づいたころ、そのナンシーがわたしをトイレに引き込んだ。わたしが「どうしたの？　彼氏をほったらかしにして、ダメじゃない」というと、ナンシーは、さっきとは別人のような深刻な顔で「心を落ち着かせてわたしの話を聞くって約束して」といいながら小さな声で話しだした。

「昨日、会社の帰りにこの間ケイコに紹介したパイロットと女性が手をつないで歩いているのを見てしまったの。それで彼氏に調べてもらったら、相手はアシアナ航空のスチュワーデスで、結婚式の日付も決まっているらしいのよ。最低な男よ！　二股かけるような男のことは忘れて、もっと誠実な男を探しなさい」

ガーン。わたしの頭のなかにはその瞬間、大きなコンクリートの固まりが落ちてきていた。

三月十四日（火）　晴（1℃～10℃）

最悪の日が来た。今日はホワイトデーだっていうのに……。この日が彼の誕生日であることがうらめしい。

パイロットという仕事には興味があったし、体が大きく兄のように包容力があって（いま思えばただの豚だった）、インターネットやHome Page作成など趣味も合ったし、頭のなかでは将来はパイロットの奥様になって、優雅に世界中をフリーチケットのファーストクラスで行ったり来たりする自分を想像していたのに。ついに離陸もせずエンジンストップしてしまった。

一ヵ月前のバレンタインデーの日は彼は空を飛んでいたので、思いをこめてチョコを自宅に送ったのに、返ってきた言葉は、メールで"thank you"のひとことだった。だから、こんな日が来ることはおおよそ想像がつくはずだったのに、確かに鈍感だったかも。そして、ピエロなわたしは彼の誕生日祝いのセーターを買うため、現代百貨店をグルグル回りまくって用意していたのだった。もちろんＬＬサイズのを。

今朝メールを開いたら、"I am very sorry. …"の文字が一行、尻切れのヒコーキ雲みたいに打ってあった。ナンシーにいわれて書いたことくらい判っているのだよ、サギクン！(サギ師)。でも、たった五回のデートで、そのうちの四回はコーヒーを飲んで、一回だけレストランで食事をし(何故かお金がないっていってたなー)手を握られたこともない。これじゃ立派なサギクンとはいえないか。でもソウルに来て初めてフラレタのは大事件だ。今までの人生、振られた回数より振った回数の方が多かったのに。これは何億の商談が崩れるよりも辛い。あー、せっかくのパイロットの奥様が。あー、フリーファーストクラスの夢が……。

わたしはセーターを玄関に放った。(いや、やっぱり次の彼のために置いておこう)

三月十六日（木）　雨のち曇（2℃～9℃）

今日もデスクワーク。ホワイトデーのことを思い出したくないから、やけくそみたいに夢中で仕事をこなしていた。

昼すぎに、取引会社に行っているパートナーの朴さんから電話があった。

「クンイリナッソヨ（大変です）。キフンにある現場に持っていった検収書と請求書の原本を、今日中に水原にある購買事務所に持っていかなければ決算時期が遅れます。とにかく急いでいるようです」

うーん、どうしたものか。あの会社の退社時間は五時。今となっては、オートバイのクイックサービスで送るか、自分で持っていくしかない。

わたしは、すぐオートバイ会社に問い合わせた。二万五千ウォンで二時間以内に運ぶという。散々迷ったあげく、持参することにした。

ソウル市内から電車を乗り継ぎ約一時間、水原駅からまたタクシーで三十分ほど、計一時間半以上かかってやっと辿り着いた。と思ったら、正門の案内所でさらに三十分も待たされることになった。水原市内は、今ではソウル市内と同じように交通渋滞が激しい。つくづくバイク便のサービスが流行するわけがわかった。

行ったついでに、知合いの部署を営業回りして、甘ーい濃縮エキスのようなおなじみのインスタントコーヒーを三杯もご馳走になった。せっかくだからと水原カルビのお誘いがあった。「タンヨニ　カヤジー（当然行かなきゃ）」水原市のカルビは有名で、それを楽しみにソウルから来たのにさ。

それにしても、年々ひどくなる交通渋滞、なんとかならないものか。模範タクシーで自宅まで帰ったらメーターで四万ウォン。自腹なのでつらい。

三月十七日（金）　曇りのち雨（3℃～12℃）

会社に行くとジョ君が休んでいた。理由を聞いたら軍隊予備軍訓練に行ったという。「わーっ、週末の忙しいときに！」と叫びたくなったが、これだけは如何ともしがたい。

韓国では、基本的に男子全員に兵役義務があり（原則は二十一歳から二年半）、除隊後十年間は年に二、三回、一泊二日か二泊三日の予備軍訓練が義務づけられている。このときは会社を休むが、給与は保証される。ユーザーから緊急の問い合わせがあったとしても、訓練に行っていますというと、ユーザーも、そうだったんですかとあっさり引き下がる。

わたしには、会社の業務よりもなによりも大切な仕事に行っているんだというニュアンスに聞こえた。いや、それ以上に、いつも戦時を想定している国の在《あ》りように、日本にいては理解できない緊張感を覚えたものだった。女子社員も、「陸上訓練は厳しくて大変なのよ」と、そういう国情のもとにいる男性たちへ、いつもとは違った気遣いを見せる。

韓国では、四十五歳まで、年に四日間の民間防衛訓練というのがあるという。思えば、わたしが初めてソウルの金浦空港に着いたとき、軍隊服の警備隊の人がいたるところに立っているのを見て、いきなり戦地にもっていかれたような緊迫感を感じ、ここは日本ではないんだと否応なしに自覚させられたことがあった。でも、韓国人にとってはそれが日常なのである。半世紀もの間、身近に戦争を感じてこなかった日本の人たちは、幸せなのだと思う。

昼前、お客様を迎えに金浦空港に行った。大阪~ソウル便の到着を知らせるアナウンスが流れてから通関にだいたい三、四十分かかるとの経験則から、わたしは一階出口附近の椅子に坐り、ボーッと出口を写すスクリーンに視線を投げていた。すると、その目の前で四十人ほどの女性たちがそれぞれプラカードを持って並び始めた。

《ドキドキソウル三日間》

《ソウルで綺麗になろう三日間》

《高級リッツカールトンホテルに泊まるソウルの旅》

思わず赤面したくなるようなツアー名が書いてある。プラカードを持っているのはガイド嬢で、日本人観光客を出迎えようとしているのだ。そのうち、出口からいかにも団体客だというふうにして日本人観光客がぞろぞろと連なって出てくると、自分たちのツアー名を見つけるなりプラカードのまわりに群がった。それを、ガイド嬢が満面笑顔で「ようこそソウルへ○○さま」などといって迎えている。いつも見慣れた光景だけど、どこか気恥ずかしさを覚える。

そういうわたしも、八五年に初めてパスポートをつくり叔母と一緒にここ韓国に来たときは、旅行かばんの準備に興奮し、前夜はほとんど眠れなかった。韓国に来てからの体験もひとつひとつ忘れ難いものだった。親切にガイドしてくれたお姉さんの顔、ジューシーで美味しい骨付きカルビの味、今思い出しても新鮮に残っている。振り返ってみれば、自分の人生のなかでの貴重なモーメントになっている。観光とはそういうものかもしれない。それが、団体であれ、なにも気恥ずかしく思う必要はないのだ。わたしは、今日の観光客が、この国から記憶に残るいい思い出を持ち帰ってくれたらと願った。

そうだ。わたし自身も日本のお客様にとって韓国の印象となるのだ。そう思い直し姿勢を正して立ちあがると、出口にお客様が見えた。


三月二十三日（木）　雨のち曇（3℃〜8℃）

雨が降ったり止んだりの天気。降るなら降れ、晴れるなら晴れろ、というのがわたしの気性で、こんな中途半端な天気の日は気が滅入って仕方がない。そればかりか、今日は、街全体にスモークがかかっていた。

これは「黄砂」現象で、ソウルをはじめとする中部地方の空を薄曇りのように覆う。朝鮮半島では、大陸から「黄砂」が三月末から四月にかけて襲来し、以前は春の訪れを告げる風物詩だったが、今では迷惑がられている。中国の大気汚染とともに、「黄砂」に汚染物質が入り交じっているためだ。

韓国の気象庁は、今年は例年より三~四回ほど多く「黄砂」現象が発生するとみて、呼吸器疾患やアレルギー症のある人は注意してください、と呼びかけている。韓国には「杉花粉」はないけど、「黄砂」があるのだ。そのことを、以前、日本の友人に話したら、なんと「黄砂」は日本にまで飛んでいくのだそうだ。あらためて中国大陸の大きさを実感した。

ふと、わたしのホームページに投稿してくれた読者の川柳を思い出した。

「チャドンチャ（自動車）も　迷彩服着る　雨上がり」

明日は、土埃だらけの自動車が街中を走り回っていることだろう。こんな日の外回りは最悪だ。

三月二十五日（土）　晴のち曇（2℃~13℃）

土曜日が休みの日本を羨ましく思いながら、いつもと変わらぬ仕事。このところ春めいてきて、気持ちも晴れてきたようだ。

外回りのついでに、朴さんを誘ってソウル大学の最寄り駅のひとつである地下鉄二号線の新林駅（シンリム）で降りてみた。若者向けの服や靴、食べ物屋さんがたくさんある街だ。ソウル大学へは、少し距離があるけど、学生たちはここへ集ってショッピングをしたりＤＤＲ（ダンス　ダンス　レボリューション）で踊ったり、カラオケ、飲み会を楽しむんだそうだ。

昔からこの辺りはスンデ（豚の腸に豚の血と野菜や具が入っているもの）が有名だと教えられ、早速二人で行ってみた。なるほど、路地いっぱいにスンデ屋さんが並んでいた。

目に付いた一軒に入って「スンデ＆オジンオポックン（豚の腸づめとイカの炒め物）」を二人前（九千ウォン）注文する。アジュマが来て、鉄板にスンデをスライスしたものとイカ、そのほかにたくさんの野菜をのせて、お決まりの唐辛子味噌を一緒にまぜて炒めてくれた。スンデには、豚の匂いを消すために辛子と山椒やゴマの葉っぱなどが入っている。韓国に来た最初の頃は、スンデの見た目のグロテスクさに抵抗があったが、植物繊維質がたくさん入っていて案外あっさりしている食感が、今では大好きになっていた。それにイカの甘味と唐辛子味噌の味がマッチして焼酎とばっちり合う。

朴さんと仕事や、会社の将来について熱く語りあっていたら、朴さんが、

「お姉さんは、仕事の話をしていたら輝いているけど、プライベートとなったら全然ダメね。それに、ヌヌル　ナッチョヤデー（目線を低くしなければ――つまり、相手に対する要求が高すぎるってこと）」

「ネーニョネ　シジップ　モッカミョン　チョーハンテ　ワ（来年にお嫁に行けなかったら、僕のところに

おいでよ）」といってウインクしてくる。

わたしは「朴さんも　サギクン　チェジリ　アニヤ～？（サギ師の素質あるんじゃない？）」

といいながら、結構嬉しかった。

食後は、ＤＤＲでバッチリ消化しようということになったが、ステップに合わせて激しく踊っていたら、口から豚の腸詰めが上がってきそうだった。


三月三十日（木）　晴ときどき曇（３℃～15℃）

とてもいい天気で、ぽかぽかと春を感じさせる陽気だ。日本から来たお客様も、仕事にたいする厳しさはともかく、終始くつろいだ様子だった。

今日は、先般、会社で契約したばかりのホテルにお客様を案内した。禿山洞（トクサンドン）のノボテル・アンバサダー禿山ホテルは、キャセイパシフィック航空のスチュワーデスが泊まっているホテルとして知られている。日本人の滞在客も割と多い。わたしは、「日本からのお客様が一ヵ月にものすごく大勢使います」なーんて、韓国人顔負けのオーバーさでまくしたて、四〇パーセントオフで契約を決めた。エグゼクティブクラスで十四万三千ウォン。朝食、サウナ、ゴルフ練習場、プールなどが無料なので大変お得だ。

そろそろ韓国でも桜の季節がやってくる。釜山の近くにあるチネ（鎮海）では、今週の土曜日から四月七日まで桜まつりが開かれるという。チネの桜は韓国で最も美しいといわれるほど有名で、この桜が散ると北に桜前線が移動し、ソウルでは四月中旬頃に桜が咲く。ソウル観光案内に聞いてみると、チネへはソウル駅から列車で五時間ぐらいかかるそうで、一日一本（片道一万九千二百ウォン）しかなく、週末はチケットが売切れだそうだ。

ソウルの桜まつりでは、文化展示会やいろんな催しもあるそうだ。わたしも、仕事から解放されて桜見物とシャレてみたい。それに、韓国人の花見ってどんなものか見てみたい。案外、「花より団子」の日本と同じだったりして……。

4月 April

四月四日（水）　晴（8℃〜19℃）

ちょうど昼時、仕事途中の朴さん以外はみんな出払っていた。わたしはといえば、デスクワークをしていて、あまりにもいい陽気に誘われてついうとうととしていた。（窓際の席は心地よいが、日当たりがよすぎて、最近シミにならないかと気にしている）

不意に、「グフッ！」と、蛙の潰されたような音がした。わたしはとっさに目が覚め、振り返った。そこには、ハラボジ（お爺さん）が鞄を提げて立っていた。（朴さんは仕事に熱中しているときはだれが来ても気がつかないのだ）

「オソ　オセヨ（いらっしゃいませ）」

わたしは条件反射みたいに挨拶をした。しかし、よく見ると、相手はなにやら胡散《うさん》臭そうな雰囲気を漂わせている。もしかして、押し売りかな、と思っているると、そのハラボジがわたしの方に寄ってきて、

「ウリアガシ（わたしたちのお嬢さん？）まあ、坐りなさい」

と、なにが坐りなさいなのかわからないけど、自分で隣の椅子にドカッと坐った。ここは儒教の国、

お年寄りを大切に、の精神で話ぐらいは聞いてあげようと思っていたら、ハラボジがいきなり生年月日を聞いてきた。それで、ようやくチョムゼンイ（占師）だと理解した。

「チョヌン パッパヨ（わたしは忙しいんです）」

そう答えたものの、占いというとなんとも気にかかる。

「アイゴー。一分もかからない。無料だ」

とハラボジ。

「それなら、お願いします」

簡単にのせられるわたし。（めっちゃ、占いには弱いのだ）

「……ノクチャ イッソ？（緑茶ある？）」

いわれるままに茶を出す。それを、両手で持って、わけありげに揺すって飲むハラボジ。

「仕事と結婚運を見てくださいね」

まんまと乗ったわたしに、ハラボジは「胃腸に注意、仕事は商売繁盛、結婚は三十七歳……だな」と、どこか含むようにいった。

「ウッソー。チョンマリエヨ？（ほんと？）」

うろたえるわたし。

「ほんとだ。でも、アガシの名前と一緒に印の文字を彫った印鑑を持っていれば、結婚の運は巡ってくる」

と、ハラボジはおもむろに鞄から印鑑のサンプルを取り出した。なんと、ハンコのセールスハラボジではないか。

でも、そうとわかりながら、わたしはそれを買って後日取りに行く約束をしてしまった。三十七歳で結婚、が決定的だった。

ハラボジは印鑑を売りつけると、疾風のように去っていった。

朴さんは、相変わらず夢中でＰＣと睨めっこ。

四月五日（水）　晴（9℃～14℃）

「植木の日」で、韓国の公休日。今日も晴れて暖かだったので、休みの割には早起きして、家の掃除と少したまった洗濯物を片付けた。

わたしは、パルレバン（洗濯屋さん）の超得意客だが、家で洗濯するものもある。その場合は、五・五キログラムの全自動洗濯機を使うのだが、これがわたしには少し大きすぎる（韓国の洗濯機は、普通のものでも日本のものより大容量だ）。でも、あまり気にせず使っている。

脱水が終わると、家のなかのナゾの場所に洗濯物を干すか、冬場はオンドルバンの上に伸ばしておけば直ぐに乾いちゃう。

ソウルでは、洗濯物を外に干しているのを見たことがない。推測だけど、見栄えの点もあるし、黄砂など土埃の問題もあるんじゃないかなと思う。

ソウルには、アパート（日本でいうマンション）が多いが、近年に建てられたものには、ほとんどバルコニーがちょっとしたサンルームみたいになっている。洗濯物はそこに干しているようだ。（このシーン、映画「シュリ」でも出てきたっけ）

それでも、ソウルの一人暮らしには、洗濯屋さんはなくてはならない存在だ。なにしろ、家で洗濯をするよりずっと経済的で、なによりも時間の節約になる。

洗濯料金は、一台の洗濯機を回して乾燥までで六千ウォン。決して他人のものとは一緒にしない。ドライクリーニングは、シャツが千五百ウォンでスーツが五千ウォンくらい。しかも、服の裾上げやボタン付けなどは無料でやってくれる。とても便利だ。日本にいる母にはそんな娘が心配かもしれないが、お嫁に行けばちゃんとやるからね。

朝の出勤時に預けた洗濯物を会社帰りに取りに寄ると、店の人なつっこいオンニ（お姉さん）が声をかけてくれ、一緒に家まで持ってきてくれる。早いし、親切だし、なにより、オンニの人柄がいい。（ほんと、親切を絵に描いたようなオンニ）

四月六日（木）　晴のち曇（5℃～16℃）

朝の支度をしながら、テレビのスイッチを入れると、ニュースが流れていた。

四日午前四時から突入予定だった六大都市の市内バスのストライキは、直前に回避されたが、全国職場医療保険労働組合は十日から無期限ゼネストにはいる方針だと報じていた。

韓国では、桜が咲く春になるとストがあちこちで頻発する。おかげでソウル市庁前など市内では、デモ隊と警官隊の出動で大渋滞になることがしばしばである。血の気の多い韓国人だからとんでもないことになるのではないかと思うけど、意外と整然としている。一般市民には危険などないし、タクシーはよく心得ているので避けて通ってくれる。ただ、マスコミならまだしも、一般の人が写真を撮ったりするのは禁物だ。下手をすると、どちらからも怪しげな人物に目される。

そろそろ出かけようかと思ってリモコンのスイッチを切ろうとすると、テレビのアナウンサーが、明日の朝から地下鉄一号線～四号線でストを予定しているといったではないか。

「えー。地下鉄二号線が動かなければ身動きとれないじゃない！」

うーん。いっそ、明日は、在宅勤務にしちゃおうかな。

四月十二日（水）　晴のち曇（7℃〜19℃）

昨日から、韓国のエンジニアたちと一緒に日本に来ている。昨日の夕食会は、しゃぶしゃぶ&飲み放題。日本では、二時間とかの宴会時間内で食べ放題とか飲み放題というのが多いが、韓国にはこのようなシステムはない（と思う）。韓国人にそのことを話すと、ほとんどの人が感心しながらも、「そんなことを韓国でやったら、店はすぐに潰れてしまう」と口をそろえる。食べ放題はともかく、飲み放題は足が出るだろう。

しゃぶしゃぶは韓国の人が日本に来たときの人気メニューの一つで、結構喜んでもらえる。もちろん、鍋のセットメニューなので、しゃぶしゃぶの前には刺し身やつきだしが出て、最後には、うどんすきや雑炊が付いてくる。

食材やみんなで囲んで食べる鍋料理のスタイルには違和感がないし、食べ方や味付けが新鮮なので、大好評だった。

さて、行きつけの店の飲み放題メニューは、ビールに日本酒（冷酒&熱燗）、焼酎、ワイン（赤&白）にウィスキー、ソフトドリンクと各種ある。日本の会社では、「韓国人はみな酒豪だ」というイメージが定着しているらしいが、これは、日本のスタッフが韓国に行き、韓国人の焼酎の飲みっぷりを見てそう触れ回っているからだ。

昨晩は、飲み放題ということで、まずはビールで乾杯、次は「日本の焼酎はいかがですか？」、「酒はどうですか？」、「ちょっとワインも飲んでみましょう」、「ウィスキーはストレートですか？」となったしだい。結局、ひと通りのお酒を飲んだあげく、一部では日本酒の一気飲みが始まった。韓国人にとって酒量（アルコールの量）はたいしたことはなかったのだが、なにしろ、ウルトラ・スペシャル・チャンポンである。ついに二人がダウンしてしまった。

そうだった。韓国人はお酒のチャンポンに弱いのだ。わたしも韓国の酒豪たちと付き合って、しっかりと訓練されているから自信はあったのだ。でも、今回ばかりは参った。朝起きたら頭がガンガン。うーん、韓国では六時以降「スルサンム（お酒常務）」の肩書きを持っているわたしも、日本のチャンポンには負けた。

四月十四日（金）　曇（7℃～15℃）

ブラックデーがやってきた。この日は、バレンタインデー（二月十四日）とホワイトデー（三月十四日）のどちらにも縁がなかった者同士で集まって、チャジャン麺を食べる。
だれが考えついたのか知らないけど、これって結構残酷。まあ百歩譲ってブラックデーというのは許すとして、なんでチャジャン麺なのじゃ。チャジャン麺は韓国人の国民食、それだけの地位をあてがうべきである、と一人つぶやいた。

昼食は、みんなでチャジャン麺を注文して食べた。このなかにブラックデーにハマッている仲間が何人いるか、お腹のなかで数えながら。

ところで、チャジャン麺には二種類あってエンナル（昔風）チャジャン麺は、麺の上に黒いチャジャンがすでに乗っているスタンダードタイプ。もう一つは、カンチャジャンといって麺とチャジャンが別々の器に入っていて自分で乗せて食べるタイプ。どちらも箸を両手に持って念入りにかき混ぜてから食べる。カンチャジャンはもう一度炒めて料理する分だけ五百ウォンから千ウォンぐらい高い。

突然、わたしはみんなに明日は花見に行こう、といった。（なぜいきなりそう思ったのか、あとで考えてもよくわからない。でも、やっぱり行く）

四月十五日（土）　晴（4℃〜16℃）

有言実行。仕事を早々と片付けて、会社の同僚とヨイド（汝矣島）の桜見物に行った。

ヨイドはソウルのマンハッタンと呼ばれているそうだが、実際ニューヨークのマンハッタンに行ったことがないわたしには、どこがマンハッタンなのかよくわからない。そういえばヨイドにはマンハッタンホテルもあるが、韓国語の発音ではどうしても「メノトン　ホテル」と聞こえてしまう。反対に日本語の発音だったら永遠にホテルには到着できないことになる。そして、国会議事堂などもあって、韓国の政治経済の中心地でもある。桜もなかなかのものだと聞いている。

というわけで勇んで行ったのだが、車で行ったのが大失敗。駐車場はあるが、なにしろ満車で入れない。ペンベントラソ（グルグル回って）63ビルの駐車場に止め、そこからタクシーで向かうはめになった。

桜は満開で、ちょうど大阪造幣局の桜の通り抜けのような感じだった。桜道の両側には屋台が並び、タッコチ（焼き鳥）や、トッポッキ（餅）、キンパップ（巻すし）が、焼酎やビールなどと一緒に売られている。見物客はそれを買ってあちこちで広げ、盛り上がっていた。

先週、日本で桜を見て来たばかりだが、色も形も日本と同じ。ただ、韓国で見ると、桜の色が少しおとなしすぎるかなって感じがした。

それはさておき、韓国人もお祭り騒ぎは大好きな様子。まさに花より団子で、食べたり飲んだり、踊ったりと、日本に負けていない。思ったとおりだった。で、わたしたちもそれにならった。本当に楽し

かった。（昨日の思いつきは正しかった）

四月十七日（月）　晴（7℃〜19℃）

韓国人のネゴはとにかくタフネスだ。いわばネゴタフだ。今日一日、それで潰してしまった。延々八時間、H社にはさすがに舌を巻いた。

いよいよ契約という段階になると、金銭のネゴが必ずはいるのはビジネスの世界だから当然かもしれない。相手と状況によっていろいろなパターンがあるけれど、相手がなんとかまけさせようと思っている場合は、むしろラッキーだ。買う気持ちがあるから。でも、他社と商品が競合した場合などは、そうはいかない。

韓国人のなかには、相手の立場を混乱させて神経を消耗させてから（とにかく、いろんなことをまくしたてる）、何時間も交渉すればうまくいくと思っている、というか、そう信じている人がいる。こんなときは全部の項目に対して合意することはまず無理で、向こう側の言い分を聞いてもなお、大丈夫な内容を残しておく余裕を持たないといけない。（そう教えられた）

しかし、H社の担当、C理事は凄まじかった。もっとも、何千万円にもなる契約だから当たり前といえば当たり前だが、C理事は、消耗戦に打って出てきたのである。つまり、まけろまけない、というやりとりをしながら、その間に仕事とはまるで違うような脈絡のない話を織り込んで根をあげるのを待つ作戦なのだ。

わたしは、わかっていても、その八時間緊張のしっぱなしだった。

わたしは、あらかじめ辛部長に、「モルミョン　カマニ　イッソ（わからなかったら　じっとしていろ）」といわれていたので、「チョルデ　アンデヨー（絶対にダメです）」を連発しながら、ひたすら忍の一字で通した。それがえんえん八時間。C理事が夕刻、チャンポンの出前を注文してくれたときは、とにかく安堵した。

C理事と一緒にズルズルと音を立ててチャンポンを食べ、最後には、お互いに妥協できる価格とサービスを約束して、焼酎を飲んで別れたのだった。

次の朝早く、C理事の上司Y専務が飛行機に乗るところを携帯電話で捕まえて、「今度の契約は無事にC理事とのネゴで決まりそうです。カムサハムニダ（有難うございます）」とダメ押しの電話をしておいた。Y専務には、そのあとの最高決済のOKを取り付けるためのプレッシャーを与えたかった。

わたしは、実は今日のようなネゴの瞬間を結構興奮して楽しんでいる。それってネゴナルシスト？かもしれない。

四月十九日（水）　雨のち曇（10℃～16℃）

昨日は、某大学でのセミナーで通訳を担当した。事前に打合わせはしてあったが、本番ではどんなアドリブがでてくるかわからないので、ドキドキした。わたしは同時通訳は得意な方だけど（語順が一緒なので集中しなくてもいい）、セミナー通訳では、フレームごとに切るなど講師との呼吸合わせが必要になるし、集中力が必要になる。それでもなんとかうまく行った。

そのあと、教授たちと夕食を一緒にした。教授たちはだれもが性格が明るく、屈託がない。そして、お酒の強いこと。仕事ばかりでなく、そちらの方も実にタフだ。

四月二十日（木）　晴（9℃～20℃）

日本のスタッフと一緒に少し遠くにある取引先を訪問したあと、ついでに車で金浦空港まで行った。さらにそのついでに、国際線第二ターミナルの一階にある観光案内所に立ち寄ってみた。

わたしはソウル市内を歩き回るのに、無料でホテルなどに置いてある〈観光〉地図を活用させてもらっている。なかなか便利で、頻繁に鞄から出し入れするものだからすぐにボロボロになり、ときどき新しいものに取り替える。

空港の観光案内所にも、たくさんの地図やガイド、パンフレットが無料で置いてある。このときも役に立ちそうなものをいただいてきた。そのなかの日本語のものをざっと挙げてみる。

・月間案内地図「エスコートソウル」
・韓国観光地図「ソウル」
・忠清北道観光地図
・「明洞」ガイドブック
・「韓国民俗村」パンフレット
・「ロッテワールド民俗博物館」パンフレット
・「国立国楽院」パンフレット
・月間ツアーガイド「KOREA RAINBOW」
・韓国観光ガイドブック「韓国の旅ガイド」

それぞれに特徴があるが、わたしが感心したのは、韓国観光公社刊の「韓国の旅ガイド」だ。無料配布なのに、日本で千円から二千円ぐらいで市販されているガイドブックに負けないでき栄えである。

読んでいて面白いのは日本語の表記のまちがい。「日本語スクール＝日本語スワール」、「カラオケ＝

カウオク」、「アンマ＝マンアorアソマ」など数えきれない。韓国人にとってカタカナは難しいんだろうね。

四月二十四日（月）　曇（7℃〜18℃）

ベンチャービジネス花盛りの韓国は今、知識を基盤とする新たな産業構造への転換を目指している。大企業人材のベンチャー引き抜きも相次ぎ、三星電子は中心職員のベンチャー転職を禁止する仮処分申請を出し、三星SDSも類似の訴訟を準備中だという。

たまたま先週末に、わたしの知っているエンジニアのSさんに連絡を取ると、ベンチャー企業に移ったというではないか。それほど、韓国では転職が激しい。

そんなこともあってか、転職の話を聞いてもあまり驚かなくなった。でも、転職できる人はたぶん僅かで、むしろ多くの人たちは、日本みたいなリストラを心配しているのだ。そう思うと複雑な気持ちだ。

今日はわたしの大事な取引先の人が来社したのに、たまたま朝から訪問客が多く、会議室が空いていなかった。それでビルの一階にあるちょっと洒落たコーヒーショップに行こうと思ったら、運悪く工事をしていた。仕方なく、外に出て少し歩くと、「コーヒーショップ」と書いてある看板が目に入ったので、とりあえずそこに入ってみたら、そこはなんと超古びたタバン（茶房）だった。

照明がやけに薄暗く、テーブルにそれぞれ客らしい男が三人。みんな女性（アガシ）と並んで坐り、なぜかテレビを見ている。テレビでなにをやっていたのかは覚えていないが、怪しげな熱気がムンムンと部屋中にこもっていた。

取引先の人がいうには、これは韓国の昔風のスタイルで、コーヒーを飲む間アガシが坐って相手をしてくれるんだそうだ。しかも、この店のアガシは派遣らしい。でも、なんでコーヒーを飲むのにアガシが必要なんだ？　団欒酒店（タンランチュジョム＝接客女性のいる飲み屋）だったらわかるけどさ。

コーヒーは二千ウォンでインスタント。超まずかった。それにしても、アガシの派遣料ってどうなっているのかな。

あやしい雰囲気のなか、契約の話をまじめくさってやっていた方も滑稽だったかもしれないが、取引先の人とはこの話で結構盛り上ったので、まあケンチャナヨだ。

四月二十六日（水）　雨のち曇（9℃～17℃）

今日、サッカーの日韓戦があった。やっぱり日韓戦は大変なイベントで、だいたい、一週間くらい前から韓国の男性の会話には日韓戦の話が混じり出す。

「今度は、どっちが勝つと思う?」

「最近、Jリーグができて日本は強いよ」

「カズ、ナカタ。ナカタ ナカタ(なぜか連呼)」

「ウリ ムンジェ マナヨ(韓国チームには問題がいっぱいだ)」

そして、当日。

地下鉄の駅によっては「街頭テレビ」があって、テレビがあれば必ず日韓戦を中継している。この時ばかりはみんな仲良く、テレビに近い人はちゃんと「体育座り」なんかして見ている。もう、本当に人だかり。労務者風の人、学生、サラリーマン、老いも若きもみんな仲良く観戦。新聞を敷いて座っている人もいる。みんな、手に汗を握っている。そしてとにかく、にぎやかというか、うるさい。

間違いなく全員が韓国を応援しているから、韓国選手がゴール近くまで来ると「シューッ、シュッ」の連呼。(パッチムの関係で韓国語ではシュート=Shootのtが抜けちゃう)

点を入れられると「アァ〜ッ」と叫喚の世界。この世も終わりかという勢いで嘆く。

そして、韓国選手がゴールを決めようものなら、大変!

「ウォーっ」

という歓声のスゴイこと。二百人くらいが一斉にウォーですから、とにかくビックリ！　その日は韓国A代表が久しぶりに勝ったのだけど、ゲーム終了と同時に、見ず知らずの人に握手を求めて回っているアジョシもいた。

韓国人のサッカー好きは日本でもよく知られている。このところ対日本戦では負けてきたので、その苛立ちは並みのものではなかった。明日は、きっと一日中、この話題で持ちきりになるはずだ。

そうだ、大口の商談も上手《うま》くいくだろう。クレームのお客様のところへも訪問することにしよう。

四月二十七日（木）　雨のち曇（7℃～14℃）

四月ももう終わりに近づいてしまった。このところ激務が続き、体調もいまいち。でも、誘われるといやとはいえない性分。

そんなわけで、夕方、日本人の知人たちの誘いで南営駅近くの「つくし」という本格的日本料理店に行った。

「つくし」って、韓国語でペムバップ（ヘビのご飯）っていうんだそうだ。そこの女主人いわく、「ヘビはつくしを食べないが、冬に冬眠して春に活動する点がつくしと同じで、つくしの田んぼの壁（土手？）には、昔からヘビがたくさんいた」とのこと。

この店は、日本人駐在員の行きつけの店で有名らしいが、とにかく、ここの女性たちは愛想がいい。女主人に対し「美人」を連発していたM社長に対しては、特にサービス満点だった。女性が美人といわれれば嬉しくなるのは、日韓共通だけど、韓国のほうが明らかに目にみえる効果がある。わたしは、久しぶりの日本酒が美味しく飲めたし、ソウルに駐在している日本人達が、韓国社会のいろいろな環境下でがんばっている姿を見て元気づけられた。「わたしだけがしんどくて寂しい訳じゃないんだ。がんばらなくては」とモクモクと意欲がでてきて気分良く自宅へ帰った。

夜遅く家に帰ってから、さっき一緒に飲んでいた証券会社の支店長に、「四月十四日は、チャジャン麺を食べたの？」って聞かれたことを思い出した。それでまた、最悪の日を思い出してしまった。韓国では、二月十四日、三月十四日に限らず毎月の十四日にいろんな名前をつけている。

二月十四日は「バレンタインデー」。元来、ローマ時代に実在したバレンタイン聖人の故事に由来するが、今では女性が男性にチョコレートを贈る日。

三月は「ホワイトデー」で、男性が女性にキャンディーを贈る日。

四月は「ブラックデー」で、ふられた者が黒い服装でチャジャン麺を食べ、ブラックコーヒーを飲む日。

五月は「イエロー＆ローズデー」で、恋人とバラに包まれて送る日だが、いない者は黄色い服装でカレーを食べなければ生涯独身となる日。

六月は「キスデー」で、付き合って四ヵ月になる二人のためにある日。

七月は「シルバーデー」で、先輩たちに恋人を紹介しデート費用を出してもらう代わりに彼女に銀製品を贈る日。

八月は「グリーンデー」で、恋人と森林浴に出かける日だが、いない者は同じ名の焼酎を飲む日。

九月は「ミュージック&フォトデー」で、秋晴れの下で記念写真を撮ったあと、ディスコクラブなどで友人たちに恋人を正式に紹介する日だが、恋人のいない者同士が知り合うチャンスでもある日。

十月は「レッドデー」で、深まりゆく秋の日にワインを飲んで二人の愛を確かめ将来を語り合う日。

十一月は「オレンジ&ムービーデー」で、映画を楽しんだあとに甘酸っぱいオレンジジュースを飲む日。

十二月は「ハッグ&マネーデー」で、費用に糸目をつけず彼女に奉仕し、そのあとは寒い夜を二人抱き合い暖かく過ごす日。

一月は「ダイアリーデー」で、新たな年の始まりに恋人へ日記をプレゼントする日。

いったいだれが決めたかしらないけど、これ全部実行する韓国人がいたらわたしの恋人候補No.1になれるのに。

5月 May

五月一日（月）　晴（8℃～19℃）

五月一日は「勤労者の日（メーデー）」である。韓国では祝日になっている。当然のことながら、各労働組合団体が集会を開いて気勢をあげている。賃金引き上げ交渉の真っ最中だから、おのずと力がこもる。

韓国の労働組合は、わたしの受けた感じでは、日本の労働組合よりも元気な気がする。それも韓国人の気質から来ているのかもしれないけど、やはりＩＭＦショックをくぐり抜けてきた労働者魂みたいなものがあるからではないだろうか。

わたしが韓国に派遣された九八年一月の頃はどん底の不景気に陥っていて、失業率が過去最高の八・六パーセントを超える状態だった。新会社を作ったら頼りにしようと、あてにしていた取引先の課長以上は、名誉退職制度で退職を強要され、今まで下請け企業だった会社に赴いては、必死で仕事をもらおうとしていた。別の取引先では部署全体の九百人余りがリストラにあい、最後に涙を流しながら一緒にお酒を飲んだこともあった。また、ソウル近郊の仁川までタクシーで行こうと思って乗れば、運転手が、「昨日まで会社の社長をしていたのでよく道がわかりません」といわれ、その凄まじさに驚いたものだった。

ようやく回復傾向になって、働く側も賃金の引き上げを積極的に要求するようになった。そういう転んでもめげない強靭さというか積極性というか、そんなものが今の韓国経済を引っ張っているような気がする。


昼、わたしは韓国人の友だちに運転をお願いし、日本からのお客様とプルコギ（焼肉）を食べに郊外まで出かけた。そして、食後の散歩でもしようと、富川市庁前にある公園に行ったが、近くには駐車場がなく、二台の車を公園の前にチャムシ（少しの時間）置いておいた。

しばらく公園で遊んで、スルスル（そろそろ）返ろうかと思って車に向かって歩いていたら、いきなり友だちが走り出した。見ると、車がレッカー車で引かれようとしているではないか。アイゴー。ほんの三十分なのにレッカーだなんて。

なんとか鎖を外してもらったのはよかったが、しっかりと反則のチケットを切られてしまった。駐車違反は四万ウォンで、二台で八万ウォン。わたしはついむかついてしまったけど、運転する韓国人はニコニコ顔でケンチャナヨ（大丈夫）だって。わたしのお客様への心づかいなのか、まるで意に介さないのか。そこで、あとから、「罰金はなんとかするけど、免許証の点数は大丈夫?」って聞くと、警察にチケットを持って行って「罰金払います」と正直にいった場合は点数も減点されてしまうけど、そのまま放っておくと車の持主の自宅に罰金の請求書が送られてきて、そのときは、銀行に罰金を入金にしたらOKで、減点はされないのだそうだ。どうりで落ち着いていると思った。でも、なんとなく割り切れない感じ。

ソウルへの帰り道、車が赤信号で止まったものの停止線から少しはみ出してしまった。と思ったらすぐ警察官が来た。

友だちいわく、

「隣の方は日本から来た大切なお客様。びっくりさせないでください。ウリナラ（わたしたちの国）の印象が悪くなります」

警察官、答えて、

「タウムプト チョシマセヨ（次から注意して下さい）」

わたし、微笑み返して、

「カムサハムニダ」

警察は罰金のかきいれ時期で忙しいらしい。

五月八日（月）　晴（12℃〜26℃）

今日は、韓国ではオボイナル（両親の日）といって、お父さんとお母さんに感謝する日である。日本では、母の日と父の日を別々にするが、韓国では一緒にして休日ではない。贈り物には、カーネーションが主流のようだ。

昼食時に外に出ると、胸にカーネーションを付けた人をたくさん見かけた。ふだんはカルビ屋さんなのに今日ばかりは、店の前でカーネーションの花たばやバスケットを並べて即席花屋さんになっている。韓国人って本当になんでも商売にしてしまう。

花は、いつもなら一本千ウォンなのに、二倍から三倍に跳ね上がり、バスケットも小さいのが四千ウォンもしていた。

わたしは、大阪にいる母のため、前回の帰国時に花キューピットを手配しておいた。

うちの社員は、故郷のご両親に電話をかけるのに忙しい。仕事にも手がつかないほど。でも、そういう家族関係って微笑ましくていい。

五月は子供の日（五日）、両親の日（八日）、先生の日（十五日）と、なにかと家族行事が多く、出費もかさむので韓国の人も大変だ。

日本の連休も終わって、日本とのやりとりが復活して忙しくなった。わたしの会社のエンジニア延さんは日本の休みの間、仕事上で発生した質問などをためているから、朝から急発進だ。それでも、日本側のエンジニアが夜遅くまでメールと電話で対応をしてくれたのでなんとか仕事がうまくいきそうだ。こういうときは、日本と韓国の時差がないので本当に助かる。終電の時間も似ているし。

五月十日（水）　雨のち曇（11℃～17℃）

ソッカニムタンセン（お釈迦様の誕生日）で休日だった。

朝から雨が降り、寝心地がよくて久しぶりに寝坊をした。

テレビのニュースを見ていたら、ちょうどソッカニムタンセンの様子を放映していた。ピンクの鮮やかな色の紙でつくった蓮をかたどったちょうちんのなかにロウソクを入れてお寺いっぱいに飾り、集まった人々が読経に合わせて、立ったまま合掌し、跪《ひざまず》いて額を床につけるといった礼拝をいつやむともなく続けていた。信仰心の厚さはよくわかるが、その割に雰囲気はどこかしら華やかで、信徒の服装も、日本に比べればずいぶん色鮮やかで派手なような気がする。そう、傘の柄も派手だった。

日本のお寺には、お葬式やお墓といったイメージがあって、わび・さびの伝統かどうか知らないけど、色彩も穏やかで、どちらかというと落ち着いた印象がある。しかし、わたしが行った韓国のお寺はどこも色彩が鮮やかで、それが不思議だった。

五月十五日（月）　雨（14℃～21℃）

朝から雨だった。こんな日は蒲団を被って寝ているのが最高に幸せなんだけど、月曜日だなんて最低。わっ、いまのは取り消し。ビジネスウーマンのいうセリフじゃない。そう、月曜日は忙しいのだ。ひっきりなしに電話がかかってきて、その応対に追われているうちに昼時になった。雨で、だれも外に食べに出る気はないらしく、「ペダル　シキジャー（出前をとろう）」ということになって相棒の朴さんが出前の注文聞きをした。わたしはチャンポンと餃子を頼んだ。雨の日と土曜日は中華料理の出前が多い。この日も注文して五〇分たっても来ないので朴さんが催促の電話をいれる。

「今、出たところです」というのは日韓共通出前の常套句。しかしここ韓国ではこの台詞はほとんどまったく信じられないのだ。いっぽう、注文した側もじっと待ってはいない。とにかく来るまで、何度も催促の電話をかける。歩行者用信号機もすぐチカチカするし、韓国人はせっかちだ。

わたしは、昨日の午後、友だちと明洞へ行き、お気に入りの「ミョンドンギョーザ（明洞餃子）」で餃子とカルクックス（韓国風うどん）を食べたことを思い出した。明洞は、有名すぎるくらい有名なソウルの繁華街。アクセサリー、靴、服など、小奇麗なファッションの店がたくさんある。韓国ファッションの発信地の一つで、ロッテホテルからも近い。そんな街のなかに数店ある明洞餃子は、最近は日本人観光客にも有名で、看板料理は、豚肉、ニラ、ネギ、大根などが入っているマンドゥ（韓国風餃子）。一度食べたら病みつきになるほどうまい。それに、ニンニクと具たっぷりのスープときしめんのような麺でつくるカルクックスも辛くないし日本人の口にピッタリだ。さらに、この店の売りであるキムチがたまらない。ここのキムチは「生キムチ」といって醗酵していないキムチだが、真っ赤な唐辛子は見た目のわりにまるで辛くなくて、本当に美味しい。

そんなことを思い浮かべながら雨に霞むビル街を眺めているうち、出前が到着する。あとはなにも考えず、真剣に食べまくる。

食べてちょっと休憩をすると、午後の仕事が始まる。また、電話と汗だくの格闘。日本から来るお客様のためのアレンジや取引先へのアポイントとり、その合間に取引先からの製品についての問い合わせへの応対と、きりがない。デスクワークといっても、月曜日はいろんなことが飛び込んでくるからしんどい。でも、いまの韓国では、そんなことをいっていられるのは贅沢なのだ。日本に、「生き馬の目を抜く」ということばがあるけど、韓国のビジネスはまさにそのとおり。あのテヘランバレーのビルに事務所を構えているベンチャー企業だって、盛衰ははなはだしい。オフィスは同じでも、看板はよく変わる。そういう世界なのだ。

結局、その日の仕事に区切りがついたのは午後十一時過ぎだった。まわりを見れば、もうだれもいない。夕食をとるのも忘れて働いていた。それにしてもおなかがすかないなと思ったら、昼に二食分食べていた。

五月十六日（火）　雨のち曇（13℃〜20℃）

昼前、訪問先から出たとたん雨が降っていた。天気予報を見忘れたことを後悔しながら得意の駆け足、飛び込むようにして地下鉄に乗った。

早速、次の駅からスーツケースいっぱいに折りたたみの傘を入れた物売りが乗り込んできた。「例の百貨店では三万ウォンするというブランド品が今日は特別、傘を忘れたお客様のために負担のない三千ウォンでお分けします」とやっている。

ところが、これが飛ぶように売れる。三千ウォンでゲットした乗客は、まわりにほかの乗客がいようがいまいが構わず、その場でパカッと傘を広げて商品を確かめている。電車のなかで傘を広げるなんてすごーいと思いながらわたしも買おうかなと思ったけど、もしかして降りるまでに雨がやんでいるんじゃないかと思いとどまった。

結果、やっぱりやんでいたのでラッキー。でも、三千ウォンは安かったかな。

韓国人は梅雨でも傘を持参する習慣はあまりないようだ。少々の雨ぐらいでは傘なしで通す。なぜかな？　と、初め思ったが、ソウルではどこでも傘を売っている。コンビニにはいつでも二千〜三千ウォンでビニール傘を売っている。先日南大門市場にショッピングに行ったとき突然雨に降られたことがあったが、どこから出てくるのかアジュマ（おばさん）が大きな箱を持って竹の骨にブルーのビニールを貼っただけの傘を売っていた。一本千ウォン。一年中鞄のなかに折り畳みの傘を持ち歩いている日本のサラリーマンと、雨が降ったときは安いビニール傘を買って済ます韓国人と、どちらが合理的なんだろう。最近わたしはソウルの習慣に染まったのか、あまり傘を持って歩かなくなった。

五月十七日（水）　晴（12℃〜23℃）

会社帰りに江南駅の地下街を歩いていると、携帯電話の充電サービスをする機械の前に人だかりがしていた。対応機種は三星、ＬＧ、ＳＫなどで、一回五百ウォン。充電器に携帯をつないでコインを入れ

地下鉄のカサ売り

ればいい。最近、ソウルのホテルでもこのサービスを始めているし、コンビニでも見かける。一見便利そうだが、よく考えるとおかしい。

わたしも以前の携帯は通話時間が短くて、出張のときは予備の電池を持ち歩いたものだが、新しい機種に変えてからは、夜に充電するとたいがい一日以上はもつ。それでも、たかだか一日そこそこだ。日本の携帯なら、頻繁に使っても、一週間やそこらはもつ。

なぜなのか?

日本に比べて、韓国の携帯電話の技術がそんなに劣っているとは思えない。それどころか、ビルのなかであろうが地下鉄のなかであろうがところを選ばず使える点は、日本に勝《まさ》っているともいえる。そう思って、知り合いの詳しい人に聞いてみたら、次のような答えが返ってきた。

(1) 韓国の携帯もバッテリは日本製が多い

ということは……彼がいうには、バッテリの容量は同じなのだろうから、早くバッテリが無くなるということは「消費電流が多い設計」らしい。省エネ設計に関しては、日本メーカーの方が一日の長がある、とのこと。

(2) 地下鉄でも車でも、とにかく移動すると、早めにバッテリは消費する

これは携帯電話の仕組みからくるもので、エリアAからエリアBに移動するときに、その携帯がどこ

にいるのか、必ず携帯から基地に通知するらしい。それが煩雑になれば消費は進むとのこと。

（3）　韓国人は声が大きいので、バッテリが消耗しやすい。

これは冗談だ！

それから、韓国の携帯は、たぶん韓国人の好みからそうなったんだと思うけど、二つ折りで実にコンパクトだ。大人の手なら、手のひらの上に載せて握ると隠れてしまうほどである。だから、広げても耳と口が繋がらない。そんなわけで、聞くときは耳に当て、しゃべるときは口のそばに持ってくるというわけである。（ほんと、見てて笑っちゃう）これって、「小さくできるっ」という技術優先志向でやってしまったのだろうが、人間工学を無視してる。韓国人が携帯で話すとき、声が大きくなる理由はそのへんにあるのではないかとも思う。（とはいえ、なにかにつけて声は大きい）よく考えると、しゃべるときに口元に持って来るというのは、要するに自分が話すときは相手の話は聞いてないことになる。それであの「押しの強い韓国人ができあがる」と考えるのは、読み過ぎだろうか。

とはいえ、この充電サービス、今は人気ありそうだけど、いつまで需要が続くか。

五月十九日（金）　晴（13℃～23℃）

日本からのお客様の送り迎えで、このところ金浦空港とのあいだを行ったり来たりしている。金浦空港は、いまはソウルの国際空港だけど、来年になると、仁川の国際空港が開港する。聞くところによると、政府はそこをアジアのハブ空港にするということで、規模もバカでかい。ただ、ソウルからは距離がかなりあるし、アクセスも高速道路が一本だけのようだから、本当にハブ空港らしくなるかどうかはわからない。しかしそうなれば金浦空港は国内便だけの空港になってしまい、わたしとしてはなんとも寂しい。

今日の来韓者は三人だ。わたしを入れると四人になるわけだが、会社の車では窮屈なので、九人乗りの現代自動車製スターレックスを運転手付きでレンタカー業者から借りることにした。乗り心地はまあまあ。

金浦空港へのピックアップから訪問先への送迎と待機、夕食会、ホテルへの送り届けまでと一日中、時間延長なしの運転手つきで二十万ウォンだという。そのなかには、高速道路代、駐車場代、運転手の食事代が含まれている。それで高いかどうかわからないけど、日本と比べたら、おそらく天と地ほどの差があるのではないか。

金浦空港に行く道路筋の南側には、巨大なアパート群が建ち並んでいる。アパートの壁には「三星」とか「現代」とか、韓国の大財閥の名前が書いてある。日本のお客様を乗せて戻るとき、「あれは会社の社宅ですか?」と訊ねられた。わたしは、「系列の建築会社が建てたものです」と答えたが、それを聞いて三人は驚いた顔をしていた。

確かに驚くのも無理はない。韓国では、三星、現代、ＬＧ、ＳＫとかの大財閥が市場の多くを占有し、産業のあらゆる分野に手を伸ばしている。テヘランバレーにＬＧのでっかいビルが聳えているかと思うと、すぐその近くに、ＬＧのガソリンスタンドがあるといった具合だ。こういう肥大化した財閥が一国の経済を動かしているのが実態なのだ。わたしはベンチャービジネスを立ち上げてから、いつかそれに風穴を開けたいと思っていた。口に出してそれをあからさまにいうほどの楽天家ではないけど、心にはそういう気持ちを抱きつづけている。

道路の北側には、まだところどころ平地が残っている。その道端に、チョルチュッ（ツツジ科の落葉樹）がピンクと白の小さな花を咲かせている。韓国では春先に咲くチンダルレ（朝鮮ツツジ）をよく見かける。深いピンク色や紅色の花が目を引くが、道端にさりげなく咲くチョルチュッの花も趣がある。そう思いながら眺めていると、早咲きのコスモスが咲いている。日本のようにあたり一帯を染め尽くすように咲くわけではなく、平地の片隅に遠慮がちに咲いている。血の気の多い韓国人の目には、どう映るんだろう。ふと、そんなことを思った。

やがて、車は、最初の訪問先の工場に着いた。

五月二十四日（水）　晴（16℃～27℃）

七時過ぎには帰宅したが、外はまだまだ明るかった。こんなに早く帰るのは久しぶりな気がする。最近は暖かくて明るいので、テヘランバレーの道路沿いでは、夜遅くまで屋台やトラックを使っての物売りが店を開いている。果物を売るトラックもよく見かけるが、近頃はスイカ、チャメ(黄色い瓜科の果物)、オレンジなどをいっぱいに積み込んでいる。もう、そんな季節になったのだ。時が経つのは早い。そして歳をとるのも……、やめとこ。

わたしはスイカが大好きなので早速トラックに近づいたら、アジョシがこれはソルタンスバッ(砂糖スイカ)と自信満々にいう。韓国の物売りの大袈裟な言い方には慣れたけど、営業でメゲていたわたしはその威勢のいい声になんとなく励まされた。

値段は丸ごと一つ四千ウォン。先日、日本に帰ったとき韓国産のスイカを売っているのを見かけたが、一個九百五十円だった。韓国のほぼ倍の値段だ。

韓国では丸ごと売るのが普通で、最近になって、コンビニやスーパーで半分に切りで売っているようだけど、あまり売れていないみたいだ。

前に友だちの家に数人で集まったとき、半分に切ったスイカの真中を少しくりぬき、氷や砂糖を入れてスプーンで豪快に食べたことがあった。スイカは、そうやって食べなくっちゃ。で、わたしも家に持ち帰ってそうやって食べた。

辛いものはより辛く、甘いものはもっと甘くが韓国のセオリーだが、ソルタンスバッに砂糖はいらない。ほーんとに甘いんだから。


五月二十七日（土）　雨のち曇（15℃～24℃）

江南のニューヨーク製菓前で友だちと待ち合せをした。ここは、江南の待合せスポットとして有名で、ソウルの若者なら知らない人はいない。

雨だったせいか、店のなかに入ってパンや飲み物も頼まないで椅子に坐る人が多く、店内放送で「待合せのお客様は、注文をしてください」といっている。

わたしは、友だちの家へのお土産用としてすでにここの店のケーキを一万五千ウォンで買っていたから、当然の権利のようにして坐っていた。ところが、店員が来て、「チュムン　ハシゲッソヨ？（ご注文は？）」と声を張り上げると、気の弱い（？）わたしは、仕方なくカフェオレを注文してしまった。

ところがである。隣に坐って、しきりに鏡を見ながら化粧直しに夢中の奇麗なアガシ。店員が来ると、間髪を入れず「クンバン　カヨ（すぐ行く）」。咎《とが》めるように強い口調でいったかと思うと、また化粧直しを続けた。店員はその剣幕になにもいえず、すごすごと引き下がってしまった。さすが（といったらいいのか）、韓国の美人は強い。

しばらくして現れたわたしの友だち、席に坐るなり、「ここのケーキはあまりおいしくないの」といった。そんなことといわれたって買ってしまったものはどうしようもない。わたしは割り切れない思いをしながら、そのケーキを手に友だちの家に向かった。

家に着くと、友だちは、さっきのことなど忘れたみたいに、うまそうにケーキにパクついた。切らないで丸ごとフォークで豪快につつきながら。

五月三十一日（水）　晴（16℃～24℃）

出社したら、わたしが請け負った製造商品に大クレームが出たことを知らされた。すぐその取引先に電話を入れると、いきなり「バカやろう！」。社長だった。

わが社にとっては大事な顧客、とにかく謝るしかない。辛部長に事情を話すと、彼も同行するといってくれた。

社長はえらい剣幕で怒鳴り散らし、しまいには灰皿まで飛んできた。それでも平謝り。辛部長も言い訳ひとつせず忍の一字で通した。（そういうところが、腹が据わっていて偉いのだ）結局、社長が怒鳴り疲れて、無事ご赦免となった。相手と一緒になって怒鳴っていたら、永遠に平行線になる。

実は辛部長とこの社長はどこか通じるところがあるらしく、普段から親しくしている。二人ともルームサロンでアガシと踊るのが大好きらしく、よく誘い合って行っているらしいし、ネット上でもチャッティングをしていると聞く。そんなことも幸いしたのかもしれない。わたしは怒られっぱなしでしょげちゃったけど、いつもこんな時に助けてくれるスタッフが身近にいるのは心強い。

辛部長は、頼りがいのある上司だ。韓国人にはめずらしくいつも物静かで大きな声を出したことはないし、社員たちにも干渉しない。そのくせ、仕事となると、狙った獲物（取引）は逃がさない。しかも、相手を圧倒するような気迫があって、顧客は値切ることもできない。結果、商品はいつも高く売れる。でも、わたしには厳しい。いつも、静かなドスの聞いた声で「今月の売り上げはいくらになる？」と聞いてくる。言い訳は許さないといった凄みがある。これが怖くて大きなプレッシャーになる。でも、そうだからこそ、わたしもがんばれるのかもしれない。

といったわけで、とにかく、月末はなんとか締めくくることができたからいいとする。

6月 June

六月一日（木）　曇（15℃～26℃）

月曜日から日本人技術者とともにL社に張り付いていた。新しいソフトを日本側で開発するのが目的だが、システムの仕様を決めるところで大議論となった。日本人技術者一人に韓国人技術者六人。その間にわたしが入って通訳を兼ねる。韓国側は金を出すのは自分たちだといわんばかりに、いちいちクレームをつけてくる。しかも、契約にないことまで要求してくる。そんなことで互いにボルテージは上がるばかり、間に入ってなんとかうまく合意をつくりたいわたしもだんだん感情的になってしまった。

議論は堂々巡りを続け、延々とあーいったらこーいうの×（掛ける）六人分が返ってくる。しまいにはけんか腰になって、L社側が「契約は取りやめだ！」とか「謝れ！」と通訳をしているわたしにいい出した。わたしはついにキレてしまって泣いてしまった。（ほんとは、これも作戦のうちだった）が、結局、議論は持ち越しとなった。

しょんぼりとして会社を出ようとすると、韓国人技術者が追いかけてきて、「あなたには責任はない。わたしたちは日本側の態度が気にいらないんだ。まあ、こちら側は技術力がないし、明日からまたやり直そう」といってくれた。それで少しは気が晴れたが、正直、チュッケンネー（疲れて死にそう）だった。日本人技術者は終始憮然としていて、夕食に誘おうと思ったけど、なんだか怖そうでやめにした。こんなことがまた明日も続くようだとチュッケンネーではすまない。

こういうとき、自分の気持ちを素直にぶつけられる人が近くにいれば、と思う。別に彼氏でなくていい、わたしの気持ちを汲んでくれる人なら。ふと夜空を見上げると、雲が僅かに切れた間から星屑が見えた。

急に寂しくなって、家に帰ってから大阪の母に電話を入れた。母はわたしが落ち込んでいるのを察したらしく、いつもみたいに小言めいたことはいわず、「もう梅雨の季節だから、健康に気をつけなさい」などといたわってくれた。そう、韓国ももうすぐ梅雨入りだ。

六月三日（土）　晴（17℃～31℃）

L社の仕事は昨日もう一度仕切り直しをして、とにかく作業にはいることができた。ほっとしたが、終わるまで気を抜けない。当分の間、L社通いが続くだろう。

L社は土曜日が休み、それをいいことにわたしも休みを取った。

昼。メール友だちの三人、トホホさんにチョンジャさん、カツシカさんに会ったが、みんな愉快で素敵な人たちだった。

明洞中央にあるソウルロイヤルホテルで落ち合い、早速、腹ペコのわたしたちは、明洞メイン通り沿いを少し脇道に入ったところにある「ソットゥコン サンギョップサル」に行った。そこで、豚肉の薄切り焼き（サンギョップサル）を食べた。ここのサンギョップサルはほかの店より肉が分厚く新鮮で、そのうえ油が鉄板の下に落ちるよう工夫してあって、あっさりしてとてもうまい。六人前注文してビールをたくさん飲んで、一人当たり一万ウォン。かなり安かった。日本から出張で来る人は豚肉を食べたがらないけど、韓国で奮闘する日本人たちは安くておいしい豚肉の食べ方をちゃんと知っているのだ。

仕事を離れてメール友だちと会うのは久しぶりだったが、旧知のように話に花が咲いた。唯一の男性トホホさんは、大邱地方で日本語教師をやっているとのこと。チョンジャさんは、日本の大手会社で働いているバリバリのキャリアウーマン。そして最近、韓国のある都市で日本語講師を始めたばかりのカツシカさん。みんながんばっている。

いつものことだけど、やっぱり二次会に行った、ホップ（ビア・ホール）では、つまみにアムゴナ（なんでも）というメニューがお勧めだった。名前のとおり、から揚げ、韓国の辛い貝の和え物、フルーツサラダなど、ほんとに「なんでも」という感じのバラエティに富んだ盛り合わせ。各一万五千ウォンだった。

六月六日（火）　晴（19℃～31℃）

今日は顕忠日（国のために亡くなった人の慰霊祭）で休日だった。

たまたまアメリカから来た知人の紹介で面白いご夫婦に会った。旦那さんの方は警察署長で奥さんは目や鼻、胸の美容整形をした完璧な美人。旦那さんがこれを認めているところがすごい。

わたしたちは、梨泰院（イテウォン）のそばにある、アメリカ軍の基地へ食事に連れていってもらった。施設内にはドラゴンホテルがあり、ここに入れば英語以外通じない。カフェでドーナツを食べることもできるし、レストランではアメリカ式の洋食を安く食べられる。わたしには、メインディッシュより、その前に食べたポテトやタコスなどが美味しかった。

この警察署長が面白い人で、奥さんのことを「マイスイートトラブリーワイフ」と呼びながら、なんでも奥さんのいうとおりにまめに動く。わけを聞いたら、「結婚する前、彼女のお父さんに毎日アメリカのビールとたばこをプレゼントしてやっと結婚できた奥さんだから、なんでもいうとおりにする」とのこと。（すごーい）

その奥さんはわたしに、「韓国では、女性は追いかけられて結婚する方が得なのよ」と教えてくれた。

（わたしもそうでなくっちゃ）

今日は顕忠日だから、本来なら外出を控え、亡くなった人たちの霊を静かに慰める日。お店でも、カラオケやお酒は控えめにするらしい。だから、わたしもお酒を控えた。（かな？）

二人と別れてから、帰りがてらＰＣバン（ＰＣ房）に立ち寄った。先日、取引先の人から渡されていたマックのＭＯディスクの読み込み方法が気になっていたので、ＰＣバンに行けばわかると思ったからだ。

ソウルでは、ＰＣバンや、ノレバン（カラオケＢＯＸ）などは、たいがいビルの地下にある。最近、特にＰＣバンが増えていて、半径五百メートル以内に一軒はある感じ。わたしは最近のＰＣバンにはいるのは初めてだったが、ドアを空けたら、薄暗い部屋にパソコンがいっぱい置いてあって、高校生から大学生と思われる若い韓国人たちがぎっしり坐っていた。パソコンに向かって黙々とゲームやチャッティングをしている。なかには株の取り引きをしている人もいた。

みんな自分の世界にハマッテいて、雰囲気はめちゃ暗かった。ドアを開けても、だれ一人として見向きもしない。恐る恐るなかにはいり、無人のカウンターで待っていると、アルバイト店員らしい人が来た。よく見れば、その店員はさっき近くのＰＣにハマッテいた若者だった。結局、ＰＣはウィンドウズのばかりで、マックとＭＯは残念ながらなかった。

韓国でのパソコンの普及率はアジアでもトップクラスだそうで、子どもでも気軽にインターネットをしているという。

最近では、韓国の小学生の半分ぐらいが宿題をやったり日記を書いたりするのにインターネットを利用しているそうだ。それを聞いて、「そうか、小学生なのにインターネットを参考書代わりに使って、最新の知識や情報を手に入れているんだ。すごいな」と感心していたら、どうやら違うようで、インターネットを使って「依頼している」んだって。つまり、子供たちは、自宅から教育システムのベンチャー会社ホームページなどにアクセスして、一件当り五百ウォンで宿題を依頼(代行)してもらっているらしいのだ。料金の決済は、カードや携帯電話だって。

韓国では、多くの子供たちが幼稚園児から携帯電話を持っているといわれているし、小学生がネット決済する方法を知ってしまったら、宿題だけで済まなくなっちゃうんじゃないのかな、と、つい心配してしまう。親たちはインターネットができる子どもといって誇りに思っているみたいだけど、なんだかへん。

先生たちは、インターネットで「依頼」して自信満々に持ってきた宿題を、いったいどんな顔で受け取るのだろうか。

六月十日（土）　曇（17℃〜26℃）

土曜日だけど今日も仕事だ。

週末になると、さすがに疲労が溜まってくる。そんなわたしのとりあえずの活力源は、栄養ドリンクである。

最近、日本でも栄養ドリンクブームでコンビニでも売るようになったと聞くけれど、ソウルではずいぶん前から薬局はもとより、駅売店、クモンカゲ（小さな雑貨店）、コンビニなどあちこちで売られている。時には、事務所にも売りにくる。

いちがいに栄養ドリンクといってもいろんな種類があって、値段も三百ウォンから五千ウォンぐらいまでとピンキリだ。多いのは、人参エキス入りや霊芝エキス入りのものだが、ファイト一発で知られる日本の栄養ドリンクのコピー（？）のようなものも出回っている。

今日は仕事関係のお付き合いで遅くまでがんばってしまったので、高級なパッケージの栄養ドリンク（五千ウォン）を奮発した。

お付き合いではオジンオプルコギの店に行った。

オジンオプルコギはイカのプルコギのことで、イカにタマネギ、ピーマンなどの野菜に辛味噌をからめて、プルコギ鍋の上でじわっと焼く。それを、そのままつつくか、ごまの葉に包んで頬張るのだが、これが結構辛い。でも、辛さのなかで、イカの白身が甘く感じられ、一度食べたら癖になりそうな味だった。

しばらくプルコギのまま食べたあと、ソバをまぜて激辛ヤキソバのようにしてもらった。このソバがまた美味しい。市販のソバとは違い、この店の特注品とのことで、麺が細い割にコシがあり、オジンオプルコギとうまくマッチする。

それでも少しプルコギが残ったので、最後には白いご飯をまぜて激辛ピラフにした。鍋料理のあと、残ったスープを使って雑炊にするというのはよくあるが、今回の場合は、プルコギ→ヤキソバ→ピラフと、トリプルである。

これを二人前にビール2本を加え、二人で二万ウォンちょっと。

オジンオプルコギは美味しくてリーズナブル、そしてヘルシーなので、ソウルの女の子たちが友だちと食べにいく最もポピュラーな料理の一つらしい。


六月十一日（日）　曇のち雨（16℃〜26℃）

韓国の男性は、独身女性にとにかく優しい。特に独身の男は「完璧」といってもよい。ドアの開け閉め、エレベータでのエスコートの仕方、車での送り迎え。おそらくグローバルスタンダード適合品だと思う。

しかし、いくつかの問題点も指摘されている。

そのひとつは、「どうして、あんなに浮気をするの?」だ。結婚する前はあれほど「君だけだよ」なんていってたはずなのに。

すぐ「彼氏はいますか?」って聞くしねー。日本の男性だと、ある程度親しくなってから聞くか、あるいは友人を通して聞き出すのが普通じゃないかと思うが、韓国男性は初対面でいきなり聞いてきたりする。しかも、自分に彼女がいてもそのことをいわないことが多い。それと、すぐ年齢を聞きますね。困ったものだ。

それから韓国の男性は女性を見るとすぐ「綺麗ですね。美人ですね」という。観察していると、だれにでもいっている人もいる。

あと、女性のわたしは分からなかったのだけど、韓国の男性はトイレの後、手を洗わない人が多いという情報もある。その情報をくれた人は「トイレの前で観察すると、ハンカチで手を拭きながら出てくる男性はほとんどいない」といっていた。そういえばそうかも。(自分の彼はしっかり仕付けないといけないな)

最後に、英語で出回っていた米国人が指摘する韓国中年男性の衝撃的特徴は、「トイレの入り口前数メートルで既に〈世界の窓ジッパー〉を半分下ろしながらはいっていく」というものだった。
どんどん、グローバルスタンダードから遠くなってしまった。

六月十五日（木）　晴（18℃～30℃）

金大中（キム・デジュン）大統領は、十五日の夕方、朝鮮民主主義人民共和国（北朝鮮）からの帰国報告で「我々にも新しい日が来た」とし「五十五年の分断と敵対に終止符を打ち、民族史の新たな転機を迎える時点」であると述べた。（十五日付、朝鮮日報より）
わたしにとっても、「時代が動いた」と感じた三日間だった。

この三日間をふりかえってみる。。
十三日。自宅に遅く帰ったせいで今日の南北首脳会談のニュースはほとんど終わっていたが、途中、地下鉄のなかでみんなが読んでいた新聞を盗み読みしたところ、金大統領はピョンヤン空港に降り立ち、金正日総書記と対面して固く握手を交わしたようだ。地下鉄のなかでは、明日の会談本番にむけ、「離散家族が自由に会えるようにしてくれるようにして欲しいね」とか「今度は金正日総書記がソウルに来てくれたらいいね」といった、期待を寄せるアガシたちの会話があちこちで聞かれた。

十四日。さすがに、今日はタクシーのなかでもどこでも、首脳会談に関する話題が出たが、会談では期待以上の成果が得られそうなので、概ね韓国人は機嫌がいい。

わたしの会社の女性たちも、昨日の金正日総書記が空港に出迎えたことや金大中大統領との会話のシーンを見て、いままで北側には「怖い」というイメージの方が強かったが、なんとなく明るく、「親しみ」を感じられたと喜んでいた。

晩遅くに家に帰り、テレビをつけると、とうとう、首脳同士による調印式にまでこぎつけた様子。南北間の和解と緊張緩和、平和定着のほか、八月十五日に双方の離散家族の交流を行なうなど、四項目の合意文に署名したという。

これまで韓国人が五十五年間もの間、心のなかで待ち望んでいたことを実現させた金大中大統領の支持率は、きっと今、最高潮に達しているに違いない。

わたしは、十六日から泊りがけで金大中大統領の出身地、光州に出張に行くことになっている。みんな機嫌がいいだろうし、仕事の相手がポジティブな考え方をしてくれると楽になるんだけど。（と、つい仕事に結び付けてしまうのだった）

六月十六日（金）　雨のち曇（20℃〜29℃）

出張で光州にやってきた。

光州市は朝鮮半島の南西に位置する全羅南道の首都で、人口百六十万の大都市。その光州は金大中大統領の生地でもある。ソウルからは、飛行機で五十分。日本にはあの光州事件など民主化運動で知られている都市だが、ソウルや釜山に比べると経済的にはあまりめぐまれていないようだ。

光州事件について、来る前にインターネットで調べてみた。

事件は、一九八〇年五月十七日、韓国軍の実力者全斗煥将軍（のちに大統領）が全土に非常戒厳令を布告して政府の実権を掌握した、いわゆる五・一七クーデターに端を発している。韓国では、過去十八年余にもわたって強権政治を続けてきた朴正煕大統領が、部下の金載圭ＫＣＩＡ（韓国中央情報部）部長に暗殺されて政情混乱が続いていた。これに対し、五月十八日、光州市で非常戒厳令の解除を求める全南大学学生のデモが起こり、警官隊、軍隊との衝突が繰り返され、一般市民をも巻き込む騒乱に発展した。

五月二十一日には二十万人もの群集が市内の公共機関を占拠、無政府状態になった。この騒乱で、死者は一説には二千人にも達したともいわれている。金大中大統領は、当時、光州事件に関連して、内乱陰謀罪でその年の九月、軍事裁判で死刑判決をうけた。（その後、国際的な救援運動などによって政界

に復帰)
そういう因縁の都市である。
地元の人にいわせると、光州事件以来、長い間政府から叩かれて(嫌われて)発展できなかったのだという(今は違うと思うけど)。そのせいかどうか、光州地域には料金の高い模範タクシーはたったの十七台。人口で割ると十万人に一台しか模範タクシーがない計算になる。その十七台も朝になるとみんな空港に集まり、ソウルからの飛行機を待つ。つまり、地元の人たちは模範タクシーを利用していない。物価もソウルに比べて安い。その反面、人々の人情は厚く、特に女性は、わたしの観察するかぎり、男性をちゃっかりつかんでいるって感じがした。
それから、光州はなんといっても食べ物がおいしい。パンチャン(おかず)はこれでもかっていうくらい出るし、「宝海」という地元の焼酎(二十五度)は、わたしの超お気に入り。

六月二十一日(水) 曇(20℃~32℃)
医薬分業に反対して病院・医院が集団で休業し、総合病院の専門医師がストを強行した初日の六月二十日、患者らが適時に診療を受けられない「診療空白」状態が起こった。保健福祉部はその日、全国の病・医院と総合病院一万九千四百五十五ヵ所のうち九五・八パーセントの一万八千六百三十八ヵ所が休業したと発表。オープンしていた総合病院でも急患室と集中治療室、出産室等だけが正常に機能した。全国の専門医師らは同日、当該病院長にいっせいに辞表を提出し、医科大学生は同盟休校を決議した。韓国のメディアはそう報じた。

治療ができなかったため死亡にいたる事件まで起こり、国民はカンカンらしい。このストで得をするのは、街に数多く並ぶ薬局だそうだけど、医師の処方箋がなければ処方できないシステムになっているので、よく効く薬は規制が厳しくなり簡単に買えないかもしれない。

会社の社員の話では、病院の張り紙には医師たちの名で「みなさま、今から休業しますので交通事故に気をつけて、風邪には予防を、なま物、食事には気をつけて、しばらくの間病気にならないように」とあったそうだ。医師たちにしてみれば、患者への精一杯の気遣いなのかもしれないけど、予防だけで事故や病気が防げるんだったら苦労しないよね。

六月二十三日（金）　曇ときどき雨（20℃～28℃）

梅雨のじめじめした天気のせいで、バテ気味だった。加えて、昨晩食べた豚肉に当たったのか、朝からずっとおなかの調子が悪い。早速薬局に行くことにした。

会社から五分以内の距離には四軒もの薬局がある。いずれも朝早くから夜遅くまでやっていて、自分の症状をいうとその場で素早く調剤してくれる。どの薬局でも白衣を着た薬剤師がいて、店内には必ずといっていいほど薬を買い求める客がいる（韓国人は薬好きなのかしら）。頭が痛いといっては行くし、二日酔いだといっては行くし、昼食後の消化が悪いといっては行く。わたしのまわりの人たちも、しょっちゅう薬局に行っている。

日本のように必要以上に薬が入っている市販薬や高い調剤薬に比べ、韓国では、一回分だけ調剤してくれて値段も安く、気軽に行ける。それが不思議にすごく効き目がある。

調剤してもらった薬は水で飲まないで、その場でドリンクと一緒に飲む。二日酔いには「コンディション」、風邪気味には「サンファタン」という銘柄のドリンク剤と一緒に飲むのが一般的だ。わたしは早速、朝からお腹と頭が痛いと訴えて、三回分の薬とドリンクを三千ウォンで買った。確かに効き目があったみたいで、夕方にはすっかり食欲を取り戻した。ただ、医薬分業が実施されたら、薬局では処方してくれなくなるみたいなので、不便になるかも知れない。

お腹も治ったことだし、帰りにコンビニで簡単な夕食用の食材を買った。レジで計算してもらっていたら、コンビニの隣にあるカルビ屋さんのアジュマ（わたしがよく行く店なので知っていた）がメシルチュ（梅酒）を一本持って横入りしてきた。別に急ぐわけではないから、またかと思いつつ順番を譲ってやった。が、アジュマと学生アルバイトらしい店員の遣り取りが面白かった。

アジュマ「パリパリ　ケイサンへ　ジュセヨ（早く計算してよ）お客さんが待っているから」

レジ学生「五千ウォン イムニダ（五千ウォンです）」

アジュマ「オモッ！（あらら っ！）」（びっくりするほど大きな声だった）

レジ学生「エッ　チョオ　アセヨ？（えっ、わたしのこと知っているんですか）」（勘違いしたのだ）

アジュマ「ノム ピッサダ（高すぎるわよ）、わたしの店では六千ウォンしか取らないのに」

レジ学生「クレソヨ？（だからどうしたんですか）」

アジュマはメシルチュを奪うようにして帰っていった。

そのあと、レジ学生がわたしに、「あんなアジュマは嫌いだ」

わたし「アジュマは、それでも二〇パーセントのマージン取っているのね」

レジの学生は顔を赤くして、まだ怒っていた。


六月二十八日（水）　晴（21℃～32℃）

雨の日が続いたが今日は晴れて、気温も三十二度まで上昇した。ソウルもやっぱり蒸し暑く、仕事で昼間外出すると、汗だくになってしまう。

傘を干す間もなかったので、今日は降るまいと思い、窓を少し開け玄関に広げてきた。韓国で傘といえば折りたたみのジャンプ傘が主流で、わたしもそれを使っている。

わたしの記憶では、確か日本では、雨の日に電車に乗ると、どちらかというとステッキ代わりにもなるような長い傘を持っている人が多いが、韓国では違う。

この傘、折りたたむというよりは、つぼめるという感じで、たたんだときのサイズは四十センチぐらいある。日本にあるような、コンパクトに小さくしまえる折りたたみの傘とは別物だ。

韓国では傘を鞄に入れて持ち歩くという習慣はないし、雨の日のサラリーマンは、鞄を持たず警棒ぐらいの長さの、折りたたみの傘だけを手にして電車に乗っている。単純にして明快、割り切りがいい。

会社の帰り、今日の最高気温三十二度の暑さが残る鬱陶しさから解放されたくて、アックジョンドン(狎鴎亭洞)のギャラリア百貨店へショッピングに行った。なかは、さすがに涼しい。

ギャラリア百貨店は本館、別館に分れていて本館は普通の百貨店で、韓国産の商品が並んでいるが、別館に行くと有名ブランドのシャネル、グッチ、エルメス、エトロ等の、化粧品からバック、洋服が免税価格で買い物できる。そのせいか、ソウルのお金持ちアガシがたくさんいる。でも、帽子から靴までシャネルできめているアガシなんかがこの百貨店のなかで風を切ってショッピングをしている姿は、なぜか滑稽に見える。

アックジョンドンは、ソウルで一番お金持ちが集まる街で有名なだけあり、ギャラリア百貨店ばかりでなくオシャレな店が多い。ソウルで、最も高級で流行に敏感な街といっていい。

ショッピングに疲れ、冷たいビールを求めて現代百貨店の向かい側にあるキリンビールというホップ(ビアホール)に入った。まるで日本のビアホールのようで、キリンビールや韓国のビールを楽しめ、料理は無国籍料理で写真を見ながら選択できる。メニューは、ソーセージや、ピザ、中華料理と、日本人同士で行っても十分満足できる。それに、なんだか懐かしい気分になる。

店内は若者たちでいっぱいだった。女性同士もわりかし多く、気持ちよさそうにビールを飲んでいる。料理の値段は一品五千ウォン以上するので高めかもしれないけど、わたしは気に入った。また、行ってみたい。

7月 July

七月二日（日）　晴（21℃～32℃）

わーっ、わーっ！

こんなにカラッとしたいい天気で、しかも日曜日だっていうのに、なんの予定もないし、やることがない。友だちの携帯に片っ端から電話してみれば、みんなどこかの街角で仲良くデート中。「カッチパン モックチャ（一緒にご飯食べようよ）」だれが、カップルにはさまって飯などたべたいものか。やけくそになって日本にいる友だちに電話したら、「わたし、今、おなかのなかにあの人の子がいるの。あと六ヵ月よ。ケイコも早く産んどいたほうがいいよ」だって。わーっ！

なにが「わーっ！」かといえば、散々苦労したあげく、週末に取引先から仕事をゲットして、それがこちらの思いどおりに成約。それを祝って取引先の社長と乾杯はしたものの、その社長に週末にデートを申し込まれた。わたしは、どうして五十歳以上のユブナム（既婚者）にしかもてないのだろう。仕事はうまくいったけど、でもやっぱり「わーっ！」。

その前日には、以前知人に紹介された恰好いい弁護士さん（もちろん独身）とあるパーティーでばったり出会った。ところがそのまわりを、超美人のアガシたちが垣根のように取り囲んでいてなかなか挨拶もできない状態。しかもそのアガシたち、なんとテレビでよく見かける芸能人ではないか。そばにいる人に聞いたら、その弁護士さん、芸能人専門の弁護士だって。少し胸キュンだったのに、「わーっ！」。

韓国では、美人でなければ格好いい彼氏ができないという方式がある。まぁ、日本でも似たようなものかもしれないが、韓国はなおさらだ。

夕方、大阪の母から電話がかかってきて、なんと見合い話。「いまは、韓国での仕事が第一」と答えたら、わが母、「独身なんていっていられるうちが花。それが過ぎれば単なる独り者よ」だって、「わーっ！」。

ビジネスの成功を第一に考えて生きたわたしが、どうしてこんなに孤独なんだろ。

まだ、ふたりか三人、好きだといってくれる人がいるし、スタイルもちょっと努力すればなんとかなるだろうし、顔だって磨けばなんとかなる……はずだ。結婚は二〇〇二年一月一日と決めているんだから。

なにもしないのに、大変落込んでしまった。疲れた一日だった。

七月三日（月）　晴（22℃〜33℃）

朝、出がけに、アパートの大家さんが黄色いバケツを持って来た。

わたしが住んでいる江南区では（他の区域はわからないけど）十月から実施される食べ残し物搬入禁止令に基づいて、七月から食べ物を区内で再活用処理をしなければならないらしく、そのバケツに食べ物（生ゴミ）を入れて水気を切ってから、外にある大きな再生バケツに捨てなければならないという。今までは区の指定のビニール袋に全てのゴミを入れて捨てていたが、今度は生ゴミだけを分別し、それ以外のプラスチックやビン、缶などの一般ゴミはビニール袋に入れて捨てることになる。

わたしは、一般ゴミのなかのビンとか缶などを再生用に分離した方がいいと思うんだけど。説明書を見れば、生ゴミのなかでも、カルビの骨と貝類は再生用に分別しないんだって。う～ん、これらは資源化が無理なのかな。でも、今まで、暑い季節になると生ゴミの水分がビニール袋から漏れて、街のあちこちからいやな臭いがしてたから、もしかしたら、少しはマシになるかなと期待もしている。でもわたしは、生ゴミを外に捨てにいくくらいなら、家では料理はしない主義なので、あまり関係ないのだ。

七月五日（水）晴（23℃～33℃）

今日はわたしの業務の一部である日本語と韓国語の通訳者としての一日だった。韓国語は得意だといっても、日本から来たスタッフのいいたいことを一〇〇パーセント相手に伝えるのは本当に難しい。特に日本人のニュアンスを韓国の人にわかってもらうのはなかなかしんどい。わたしは日本人の意図することを事前に理解して、それを相手に正確に伝えられるように努力はするが、時間の関係でどうしてもぶっつけ本番になることもある。今日もそうだった。

ぶっつけ本番のときは、特に、ぽろりと出る言葉が非常に重要な場合があるので注意しなければならない。集中力がなくなったわたしが「もう一度そのフレームをいってください」といっても、日本から来たスタッフは同じことがいえない。当然場はシラけるし、これはまったくわたしの責任だ。

それから例えば、「いつもお世話になっております」という日本人の挨拶をそのまま訳すと、「お世話したことないのに、むしろこれから力を借りようと思っているのに。お礼をいわれても」と誤解されることがある。日本人の心である「ワビ・サビ」は「ワサビ」と思われたり、「『勘所』を辞書で調べたら『急所』と出ていましたが、いったいどこですか?」と聞かれたりする。言葉をそのまま伝えるのでなく、どのように言葉を変換したら韓国人相手に伝わるのかを考えて通訳しなければならないので、通訳の仕事はなかなか奥が深いのだ。

通訳を通して相手国の人の印象が変わるし、相手側がいいたいことを的確に伝えなければ仕事に支障をきたす。だから緊張する。だから今日も、大いに暑い汗と冷や汗をかいた。けど、日本人と韓国人との通訳は楽しい。案外、わたしに合っているかも。人に囲まれているのが好きなのかも。

七月七日（金）晴（22℃〜33℃）

七月七日は韓国でもチルソック（七夕）。でも、日本のように、竹飾りをつくって七夕を迎えるといった習慣はない。街を歩いていても、そんな雰囲気は感じられない。

しかし、今日も暑かった。仕事ではタクシーを使うことが多いけれど、ソウルでは地下鉄も便利だ。だが、その地下鉄がくせものだ。

ソウルの地下鉄には、一応クーラーがついている。ついてはいるが、ホームではほとんど効いていなくて、換気もすこぶる悪い。車両のなかだってクーラーがはいっているけど、満員状態ではほとんど効果がない。まるでサウナだ。

そんなわけで、女性はノースリーブにパンツ、サンダル姿が定番。ストッキングをはいている人はほとんど見かけない。

地下鉄の入口では、団扇の代りになるラミネート加工された広告チラシや、広告入りの丸い紙の団扇を配っている。そして車内の物売りは、ハンディー扇風機（三千ウォン）の販売に励んでいる。ハンディー扇風機というと聞こえがいいが、要するに「顔用の扇風機」（電池付）。化粧崩れ防止にも役立つのだそうだ。暑い夏、女性にとって化粧崩れほど恐いものはない（男性にとってもそりゃ恐い）。なかなかのアイデア商品だ。

わたしは、よほど暑そうにしていたのか、その物売りに、「ほら、シウォネー（涼しいよ）」と扇風機を向けられた。一瞬顔が強ばってしまったが、涼しいというより生暖かかった。

目的の駅に着いてホームに降りると、腕時計を見た。約束の時間が迫っている。わたしはバッグを担ぎ直して駅の階段を駆け上がった。汗が顔からブァッと噴き出してきた。

夕方、今回ソウルに駐在されることになった日本人の歓迎会に招ばれた。場所は地下鉄三号線慶福宮駅三番出口を出て、タクシーに乗って二千ウォンぐらいのところにある「石坡廊（ソッパラン）」という韓定食の料理屋だった。

ここは、朝鮮時代末期の興宣大院君、李ハウンの別荘であった石坡廊別棟の客間で、一九五八年ここに移築されたのだそうだ。現在は、有形文化財二十三号に指定されているという。正面門から入ると、なるほど伝統的な宮殿の一部という庭園があって、なかなか情緒があった。

料理はナツメのお粥から始まって、九節板、刺し身、カルビ、チジミ、スープ、温麺と続くが、韓国の料理にしてはそんなに刺激のある味でなく、日本人にも受けると思う。（今日の店内には欧米の人が多かったけど）コースで最低五万ウォンからだが、伝統料理を食べたあと、食後のお茶は庭園で楽しめる。ゆっくりとくつろげた。

七月十一日（火）雨（23℃〜29℃）

強風と横殴りの雨に見舞われた一日だった。しかも、むしむしと暑かった。

朝一番に、「ネ トウィ サラ（わたしの暑さを買って）」といって、相手が、「ネー（はい）」と答えたら、今年の暑さはその相手に全部渡せるんだってだれかから聞いた。そしてわたしは不覚にも、今朝会社で朴さんにうまく乗せられて元気に返事をしてしまった。やられた、と思ったがもう遅し。こうなったら、この夏は燃えるしかないのだ。

今日はチョボッ（初伏＝三伏の一つ）といって、夏の初めをいう。韓国では、この日にこれからの暑さに備えスタミナをつけるため、保身湯（ポシンタン）や参鶏湯（サンゲタン）を食べる習慣がある。保身湯とは、なんと犬肉がはいったスープのこと。ソウル市内のあちこちにこの店がある。昼食時にたくさんの老若男女が食べているのを見たが、わたしは、これだけはパス。その代わりというか、会社の社員たちと参鶏湯を食べに行った。鶏肉のおなかのなかに、ニンニク、ナツメ、朝鮮人参、もち米などの薬

豪華な韓定食

味を入れてじっくりと煮たスタミナ料理。鶏肉はお皿にとって塩をつけ、スープと一緒に食べる。これがあっさりして美味しい。わたしは、汗だくになりながらスープまで全部平らげた。（よし、よし、これで暑い夏を乗り越えるぞ！）

七月十四日（金）　曇（23℃〜31℃）

梅雨明けして台風4号のカイタックが過ぎ去り、全国的に三十度を超える蒸し暑い天気が続くらしい。気象庁は北太平洋の高気圧が活性化して、全国的に本格的な暑さが始まるだろうとの予測を発表した。

日本からのお客様が、トンデムン（東大門市場）をちょっと覗いてみたいというので案内した。地下鉄二号線か四号線の「東大門」で降りると、そこは街全体が市場になっている。軽食の屋台が道に沿って所狭しと並んでいて、まわりにはデパートと見紛うような大きなビルがいくつも建っている。ビルのなかには、衣類や靴、アクセサリーなどの店が何百（何千か？）とはいっている。南大門市場と比べると食べ物屋さんは少なく、ファッション中心。大勢の若者たちの熱気で息苦しいほどだ。

わたしたちが行ったミリオレは、一階から八階まですべて衣類やアクセサリーが置いてあって、九階はスナックコーナーになっている。客はほとんどが韓国の高校生や大学生だが、日本人観光客も多い。価格は、百貨店より、三〇～四〇パーセント安い。

東大門市場は、朝の五時までやっていて、夜中の十二時からは、さらに五～一〇パーセント安くなる。全国から、商売人たちがバスに乗って仕入れにくることでも有名である。

わたしのお客様は、旅行用のスーツケース九万ウォンを七万ウォンにまけてもらい、四階のメガネ屋さんで、日本からもってきたレンズに合うブランド物のチタンフレームとメガネケースを注文（七万ウォン）した。待つ一時間の間、わたしはシャネル風のスカーフ（五千ウォン）とスカーフピン（七千ウォン）、靴（二万ウォン）をゲットした。綿パンツコーナーに行き、お客様が自分のサイズがわからないというと、店の女子店員が、突然適当なズボンを取り、そのウェストの部分をその人の首に回して、「あなたは、このサイズ」といとも簡単に答えてくれた。これは、「その人のウェストサイズは、首回りの二倍」という経験則にもとづいている。当人はびっくりした様子で、「いやァ、韓国らしくていいな」と、どこが韓国らしいのかわからないが、喜んでいた。

ちなみに韓国では、靴のサイズは二十二センチなら、二二〇というふうにゼロを一つ追加していう。服のサイズは、七号＝四四サイズ、九号＝五五サイズ、十一号＝六六サイズというので覚えておくと便利だ。ブランド品よりも安くてかわいい洋服のショッピングを希望する人なら、東大門がお勧めだ。

結局、仕事よりショッピングが目的のような一日だった。お客様の勢いにつられてわたしも買い物に走ってしまった。でも、お客様に楽しんでもらえたので、ケンチャナヨ。

七月十八日（火）　曇（23℃～30℃）

いつにも増して蒸し暑かった。日曜と昨日の制憲節で連休になって、その休み明けのせいか、なんだか体がだるい。

昼食時に出前でスンドゥブチゲ（豆腐スープ）を注文したら味が酸っぱくてオカシイ。早速、店の主人に抗議の電話をしたら、十五分後テンジャンチゲ（味噌スープ）を持ってきた。「豆腐の賞味期限はだいじょうぶなの？　おなか痛くなったらどうしてくれるのよ？」といったら、店の主人、「賞味期限は今日までだけど、この時期は豆腐のビニールを開けて置いておくとすぐに腐るから、スンドゥブチゲは食べない方がいい」だって。しかも謝りもせず、それどころがおかげで二回も運ばされたって感じでブスッとしている。

日本の店の主人や店員なら、こんなときはまず謝るが、韓国ではめったにお客に謝るということはしない。なんでもかんでもお客に低姿勢で接する必要はないとは思うが、こんなふうに対応されると、B型人間のわたしもついムカッとくる。

ほかの社員は気を遣って、「カムサハムニダ」といっていたが、わたしはなんだかすっかり食欲がなくなってしまった。それにしても、腐りかけの豆腐を持ってきて、食わない方がいいなんて、どういう神経じゃ!。

七月二十一日(金) 晴 (24℃~33℃)

朝早くから水原市にある取引先に行っていた。ここは膨大な工業団地のなかに、その傘下の系列会社が並んでいる。ところが、その各社を訪問するのに、いちいち正門の案内所で手続きをしてもらい、入場許可カードをもらわないといけない。これが煩雑だ。

韓国人の場合はIDカードナンバーで、外国人はパスポートナンバーで申請してもらうことになっているが、手続きの不具合なのかどうかよくわからないけれど、受付の女性に、「決裁が出ていません」と冷たくあしらわれることが多い。今日もこの暑いなか、申請したのに決裁がおりていないと待たされる訪問者で案内所はごった返し、みんなイライラしていた。わたしたちも数日前に申請してもらったのに、なんと三十分も待たされた。(どういうことじゃー、でも、がまん、がまん)

わたしの場合、会社の役員に会うときと担当者と打合せに行くときとでは、窓口での応対のギャップが激しい。今日もそんなやりとりをして各社を回ったら、またたく間に一日が終わってしまった。ふーっ。

今日はチュンブッ（中伏）。やっぱり熱帯夜だった。

そういえば、駅前にあるポシンタン（犬肉のスープ）の店は、待っている人が外にまで溢れていたっけ。ポシンタンの店は、八八年オリンピックを境に、「サチョルタン（四季スープ？）」と名前を変えている。中身が変わっていないんだから名前など変えても仕方がないと思うんだけど、ポシンタンとサチョルタンでは確かに与える印象が違う。知らない人なら、これが「四季のスープの味か」なんてうまそうに食べるかもしれない。で、あの駅前の店で立て膝をして一生懸命食べていたアジュマは、本当に犬の肉を食べたのだろうか。そう思ったら、思わず身震いしてしまった。

韓国人に「日本では馬の肉やカンガルーの肉も食べるよ」といったら、人間じゃないみたいにびっくりされるけど……。

七月二十三日（日）　雨のち曇（22℃～29℃）

韓国は世界に先駆けて、CDMAという規格の携帯電話を導入した国。この決断が、世界の通信業界でも一定のプレゼンス(存在感)を持つ〈CDMA大国〉へと韓国を押し上げた。

財閥系の研究所を訪ねると、アメリカで研修を受けた博士号取得者がごろごろいる。ただ、韓国国内で取得した博士号の場合、アメリカでは「韓国は博士号乱発しすぎ」と嫌みをいわれることもあるようだ。それで、頭に来て名刺のDr.をMr.に変更した知り合いもいたっけ。

そんなふうにハイテクな韓国の情報通信業界だが、実はとっても不思議なところなのだ。とってもハイテクな天才的な人もいれば、なんとねじ回しを忘れてくる電話工事屋までいろいろなんである。共通した特徴は 何でも「パワーは大きい方がいい」という傾向。傾向というより、信仰に近いかもね。

以下は情報通信業界に勤める知合いの日本人駐在員山田さんから聞いた話。

「二十一世紀通信インフラの底辺を担うはずの工事屋は、本当に問題が多くて困る」

まず、手ぶらで来る。工具を持たずに何しに来たのかと思うが、終わるとその辺の現場の工具を持って帰ってしまう。

そして、回すものに関しては要注意。特にネジはかなり危険で、力任せにねじ切ってしまうことが多い。よく「アイゴー(あー困った)」となっている。こっちからも防衛策として「一五回半以上回すな」

の明確な指示が必要なのだ。「パワーは大きい方がいい」ったって加減ってものが……。

通信ケーブルコネクタのハンダ付けなんて、目も当てられなくて、アースが取れていたことなんてほとんどないのが現状。電話屋さんでない、電気工事屋あがりが多いから、「つながってればいいや」という感覚なのだ。あわててやるから、半分近くは後でやり直しだ。みんなパリパリ(急げ急げ)体質に汚染されている。

「パワーは大きい方がいい」といえば、知り合いが一度、ＬＧの研究所で打ち合わせをしたとき、某基地局の仕様書を見たことがあるそうで、出力は何ワットかなぁーと思ってコッソリ見たら、「As much as possible(デカければ、デカイほどいい)」と書いてあって、仰天したといっていた。

楽しい業界だね。

七月二十八日（木）　晴（23℃〜32℃）

実は、今日はわたしの誕生日だった。だから、めでたいのだ。歳はどうでもいい。

韓国の誕生日の過ごしかたは、日本とはやや異なる。韓国人は旧暦を使っているので、毎年誕生日が違う。家族や友だちは、旧暦用のカレンダーで毎年チェックしなければならない。それに数え年なので生まれた年が一歳と数えられる。だから韓国では一歳～二歳年が増えた気がするので損だよね。

韓国の誕生日では、まず、朝食にお母さんが必ずミヨックッ（ワカメのスープ）と赤飯をつくってくれる。学校や会社に行くと、みんながミヨックッ食べた？　と挨拶する。昼食には、同僚たちがケーキやお菓子でお祝いをしてくれる。わたしの知っている会社では、お祝いの経費は会社負担のところが多い。

夜は、自分の誕生日を祝福してもらうため気に入った友達を集めて、自分でセッティングをする。友達は祝福するために集まり、主人公にプレゼントをわたす。高価なものはしないが、集まった人たちの数だけたくさんのプレゼントをもらうことができるというわけだ。プレゼントは、その場でオープンし披露する。その代わりというか食事代は、主人公が出す。なかなかバランスが取れている。

わたしも、今日は夕食の場所をセッティングして、友だちに集まってもらった。そのだれもが、わたしに（年齢も聞かずに）暖かい祝いの言葉をかけてくれた。そして、プレゼントを手に持てないほどもらった。嬉しかった。

そのなかに、「愛を受ける女、認められる女の条件　二十五」という本があった。ハングルで書かれていて、読み終えるのに何ヵ月かかるかわからないけど、一生懸命読めばその通りになるかも。

恋人か……。仕事で付き合う男性はたくさんいるし、魅力的な人も少なくないけれど、プライベートに付き合える人が自分にはいるかな。いない。でも、いればいいいな。

そこへ、母から電話がはいった。

「誕生日おめでとう。この間、占い師に見てもらったらケイコには七歳年上のトラ年が合うのよ。がんばって、見つけなさい」

と、少し鼻にかかった声でいった。

「あ、そう」

わたしはひとことそう答えた。それ以上いう言葉はなかった。

電話を切ろうとすると、母は、なにやら胸に突き刺さることをいった。

「日本じゃもう相手は見つからないだろうから、そっちで探しなさい」

七月三十一日（月）曇（24℃〜28℃）

今晩は、情報通信業界に勤めるわたしの知合いの日本人駐在員、中村さんと久しぶりに会って、夕食を共にした。彼とは、業界は違うが同じメーカー系の企業に勤め、年もそんなに離れてないので、たまに会って日韓関係の一般的な情報交換を行なったり、日頃のビジネスの苦労談をしあっている。そして、今日は、先日わたしがＨＰで紹介した自動翻訳システムについて話題が広がった。

以下、彼のエピソードをそのまま紹介することにする。

彼はその自動翻訳システムをじかに見たことがある。

スイスジュネーブで四年に一度開催される通信機業界のオリンピック、「テレコム99展示会」でのことだった。

彼が会社のブースに到着したとき、先発隊の努力のおかげで、いいブースに仕上がっていた。ＮＥＣや三菱電気や日立製作所や、その他も頑張っていた。

と思って振り返ったら、目の前は「韓国パビリオン」だ。八五〇〇キロ離れたジュネーブでも、彼は韓国から縁が切れなかったみたいだ。宿命なのだろう、と観念した。

翌日、一〇時に会場はオープン。気を取り直して会社のブースに向かった。

あれれ、角材を持ったアジア系が歩いている。何だ？　尾行しよう。

ＥＴＲＩ(韓国電子研究院)に着いた。おぉ！　まだ、ブースが完成してないのだ。

突貫工事中だ。スゴイ。ケンチャナ？

でもＬＧはきちんとできている。ＬＧ財閥は、韓国人が苦手とするこういうスケジュールを伴う作業は得意になってきた。体質改善が進んでいる。今回の目玉は、次世代携帯電話ＩＭＴ—２０００。ＬＧ、三星電子がデモをやっている。ＣＤＭＡ大国といわれるだけある。

歩く。

韓国テレコムのブースだ。ここは、まだ国営なのだろうか？(詳しくは知らない)

しかし、このブースは「両班精神の昇華」である。広さは日立や東芝と同等で堂々としたものである。ところが、ただソファが置いてあるだけで、ＰＲもキャンペーンギャルも何もなく「脳死」状態だった。

これは、元々大宇通信が確保していたスペースだったのが、財閥危機でキャンセルしたものだと聞いた。確かに、総合案内には大宇テレコムと印刷されている場所であった。(案の定、夕方には疲れたインド人に占拠されていた)

昼御飯だ。

アジア料理フェアに行ってみる。どうやらカレーのようだ。この場合、韓国人を捜すのは簡単だ。ビンパップの習性でカレーを完璧にかき回すからだ。どうしても、本能でかき回したくなるらしい。不思議だ。

でも、チューブ入り携帯コチュジャンは発見できなかった。

午後、再度、ＥＴＲＩを訪問してみたら、開発中の自動翻訳システムが置いてあった。これは結構面白い。説明によると八カ国語くらいに対応するシステムである。世界各国で協力して進めているプロジェクトらしく、韓国語はＥＴＲＩが担当している。日本にも担当している機関が存在する。ＥＴＲＩだけでは韓国語↓↑日本語、韓国語↓↑英語、韓国語↓↑スペイン語、韓国語↓↑中国語……全てを網羅するのは、困難なので各国で分担しているというわけだ。

細かいことはともかく、デモをやっているから見たかった。横でじ～っと見ていたアメリカ人が「デモは可能か?」。

ETRI「はい。ではここに座って、何か英語でしゃべって下さい。韓国語に変換しますから」

アメリカ人「How are you?」。間髪入れず、翻訳機は返した。

翻訳機「アンニョンハシムニカ?」

アメリカ人「?　(爆笑)　ぎゃはは」

(気を取り直して、)

アメリカ人「My name is Henry. How do you do?」

翻訳機「パンガッスムニダ。チョヌン　ヘンリーラゴ　ハムニダ」

アメリカ人「!　(大爆笑)　ぎゃはは」

自分の話す内容がそのまま韓国語になるのは、自分が突然韓国語を話せるような錯覚というか、結構コミックに聞こえたらしかった。一言しゃべるたびに、ヘンリーは机を叩いて、涙を流さんばかりに笑い転げていた。咳き込むまで笑わなくてもいいのに。

ETRIの担当者は複雑な顔をして苦笑いをしていた。

8月 August

八月二日（水）　晴（23℃～32℃）

暑気払いに、取引先であった話題二つ。

昨日。

大企業は夏休みだが下請け会社（協力会社）の社員たちは、夏休みに仕事を与えられるため休めないところもある。お気の毒（わたしを含めて）と思うけど、日をずらして交代で夏休みが取れるので嬉しいという人もいる。みんなが働いているときに休むのが快楽なのかしら。

ある取引先でネンコピー（冷コーヒー）をもらいながら、女子社員に「ヒュガ　カッタオショッソヨ？（夏休み、どこかへ行ってきましたか？）」と、挨拶代わりに聞いた。（この時期の決まり文句だ）

女子社員「バンコクに行ってきました」

わたし「へー、タイランドに行くなんてうらやましい」

社員B「（少し笑いながら）バンはハングルで部屋、コクは固まるで、ようするに、家でじっとしていたということですよ」

社員C「わたしの子供なんかバングラデッシュですよ」
わたし「???」
社員B「ハングルでバンは部屋、グラデッシュはゴロゴロ」
社員C「ところで、あなたはネパール行き?」
わたし「???」
女子社員「ネパールは一番孤独な夏休みですよ。ネは自分で、パールは腕。つまり、自分の腕で寝て過ごすという意味ですから」
わたし「(心のなかで、日本語で思いっきり)余計なお世話じゃ!」

今日。
ある携帯電話関連メーカーの社長との遣り取り。
わたし「あの、来月からの生産のキャパ(空き)はありますか?」
社長「韓国の携帯電話は本体が高くて四十万から五十万ウォンもするから、今後国内市場は縮小する見通し、空きは十分だ」
わたし「だったら、内需だけでなくて日本や中国への進出の可能性もありますね?」
社長「中国は無理だね。最近、韓国の国会議員が選挙で農民の票をもらうため、マヌル(ニンニク)を中国から輸入禁止にしたんだ。ところが中国側は、その報復措置として韓国から携帯電話やポリエステルなどの輸入を拒否した。そのせいで韓国の携帯電話市場が受けた打撃はニンニクの十五倍だ。中国は怖い」

わたし「マヌル（ニンニク）で負けるなんて、韓国人らしくないですね」

社長「（少しトーンを上げて）韓国人は値段では中国に負けるけど、技術があるから大丈夫さ。韓国製ハイパーニンニクをもりもり食ってがんばるよ」

八月四日（金） 曇（23℃～31℃）

やはり暑気払いにパッピンスの話。

その一。

昼休みにアイスクリームを買いに行った。メロンバーやスイカバーは五百ウォンだが、コーンアイスなどは千ウォンする。わたしはパッピンス（あずきの入ったかき氷）を千ウォンで買った。

このパッピンス、韓国では大人気の氷アイスで、カフェやパン屋さんなどでもメニューに出てくる。韓国の人たちは、牛乳をたっぷり入れてスプーンでグチャグチャにして食べるのが普通なんだそうだ。

なんでもビビン（混ぜる）するのが好きな人たちだけど、見てみると、ほとんどスープ状態。ちょっと真似するのは躊躇してしまう。

ところでわたしのパッピンス、蓋を開けると半分しかなかった。誰かが半分食べて、また冷蔵庫に戻したに違いない。アイゴー！

その二。

友だちとカラオケに行った。ボックスで、友だちは韓国の最新のヒット曲を、わたしは日本と韓国の少し古い曲を中心に歌った。二人で歌い続けて二時間。声がかれたけど、スッキリした。缶ビール四本とさきいかのサービス付きで四万ウォンだった。

帰り道、酔った若いサラリーマンのグループ数人とすれ違った。その彼ら、大きな声で「アテンション、アテンションプリーズ！」と叫んだかと思うと、「IT産業！」「インターネットビジネス！」「B2B！」「ベンチャー！」などとわめいていた。さすがテヘランバレー、と思ったが、すごく滑稽だった。

そこでパッピンス。昼のことが頭に残って、またパッピンスに挑戦した。コンビニで買って家に帰って中味を見ると、今度は満タンでカチンカチンに凍っていた。こうなったら韓国式に牛乳を入れて食べようかなと思い、冷蔵庫を開けると、牛乳は期限切れ。仕方なく、一緒に買ってきたバナナ牛乳（これ美味しいのだ）を入れて溶かしながら食べたら、めちゃおいしかった。やってみればビビンもいい。（韓

国語でグーといいたい）

その三。

本物のパッピンスというのがある。コーヒーショップでは、だいたい四千ウォンから六千ウォンぐらいだと思うけど、以前わたしが食べたCOEX展示会場のコーヒーショップでは六千五百ウォンした。これには場所代も入っていると思う。

一つ注文するとみんなで分けて食べるとわかっているので、お店の人もスプーンを人数分持ってきてくれる。ガラスの器に奇麗にデコレートしてくれるが、牛乳がたっぷりはいっているのでスプーンで混ぜるとすぐにぐちゃっとなる。（やっぱりビビンだ）

味は韓国にはめずらしくあっさりしていて、しつこくないしカロリーも控えめのよう。

この時期、日本の喫茶店でもフラッペを出しているところが多いと思うが、韓国では喫茶店やパン屋さんでもパッピンスだ。

で、思い出したら、また食べたくなった。暑い夏は、パッピンスにかぎる。

八月七日（月）　大阪・晴（26℃～35℃）

いきなり、大阪にいるのだ。韓国のお客様に同行して日本の企業を訪問するためである。ふだん、韓国にいて日本のお客様を案内して歩くわたしにとっては、憧れの日本出張に来た韓国人に満足してもらいたくてがんばる。一方で、すっかり韓国に馴染んだ自分もあって、韓国のビジネスウーマンらしくあれこれと頭で計算しなければならない。しかし、なにせ正味一日の日程で、終わってみればどこをどう回ったのか覚えていないほどハードなアテンドだった。

案内していて、お客様が一番驚いたのは、自分より先輩(年上)の人から九十度も頭を下げられて挨拶されたことだそうで、どう応じればいいのか困っていた様子だった。日本ではめずらしい光景ではないが、年齢の上下の区別が厳しい韓国では、まずありえないことなのだ。あとで聞いたら、恐縮するというより、気味が悪かったそうだ。まあ、文化の違いだといってしまえばそれまでだけれど、韓国人にとっては、深いお辞儀はかえって負担になったのだろう。

来日の感想としては、「日本の物やサービスは、みんな、品質向上にこだわっているので、出来栄えは完璧に見える」といっていたが、帰国の際の関西空港の空港利用税が二千六百五十円だと聞いて、「いくらサービスが完璧でも、こんなに高くちゃたまらないよ」と嘆いていた。

夜中、一人で韓国クラブに行って女性一人に五万ウォンものチップを出し、坐っただけで二万円取られたことの方がよっぽど無駄遣いだと思うが、この点は韓国でも日本でも似ているような気がする。いや、これは男性のことだ。

ついでだけど、この財閥企業のK課長、生まれて初めての海外出張で日本に来たけど、街並みも看板以外はよく似ているし、日本人の顔も似ていて、外国に来たという実感がわかなかったって。そういいながら、「どうして日本の女性たちは、ムダリ（大根足）が多いのか」と聞く。そんな理由など知るかと思うが、仕事以外に目に付くものは、日本も韓国もあまり変わらないなと思ってしまう。いや、これも男性のことだ。

夕食に、日本の炉端焼きに連れて行ったが、そんな高級レストランに連れてきてもらっては申し訳ないと恐縮していた。韓国でもノバタヤキ（韓国語発音）が流行しているが、料金はすこぶる高い。韓国人が大好きな焼き鳥を注文してあげると、喜んで食べてくれた。韓国人が日本に来て食べてみたい食べ物をいくつかあげると、しゃぶしゃぶ、すし、ロバタヤキ、うなぎどんぶり、てんぷら、ラーメンなどか。

海外出張の喜びは、その国の代表料理を食べること。美味しいものは仕事より思い出になるものだ。

八月八日（火）　曇（24℃～30℃）

夕方、三成駅にあるCOEXモールに行った。

ここには、ショッピングモールのほか、水族館、映画館、キムチ博物館などのアミューズメント施設がある。食事をする場所もいろいろそろっているが、わたしたちは「Lake Food Court」という名前のついた、大きなテイクアウトレストランに入った。「Lake Food Court」には、約二十軒ほどの韓式、日食、洋食などのお店がそろっていて、客は好きなお店の料理をテイクアウトし、中心にある大きなオープンスペースのテーブルで食べるという、いたって合理的なレストランである。

ここでは日式のトンカツが大人気で、休日になると四十分以上待たされるそうだ。わたしたちは、ラーメン（三千ウォン）とキムチポックンパッ（キムチチャーハン、四千五百ウォン）を注文した。普通のお店より一〇パーセントぐらいは割高だと思う。まぁ、場所代ということだろう。

食事が済んでから、せっかく来たのだからと、キムチ博物館に寄ってみた。

エスカレーターで地下二階まで下りて行くのだが、地下二階はほとんど駐車場のスペースになっていて、その片隅にキムチ博物館だけがポツンとレイアウトされているふうだった。初めての人にはちょっと場所がわかりにくい。

なかには、キムチの歴史や地域のさまざまなキムチ、キムチづくりの工程などが展示されている。キムチの栄養学的効果なども解説されていて、試食室まである。

キムチの歴史を見ると、三国時代には米と一緒に漬けた野菜の漬物、高麗時代には白菜白キムチがあって、朝鮮時代から日本の赤唐辛子を取り入れた現在の真っ赤なキムチが誕生したとあった。

料理工程では、キムチの主材料のニンニク、生姜、赤唐辛子、ネギ、塩などのかげんがわかりやすく展示されているほか、ミニチュアを使って白菜キムチのつくり方まで教えてくれる。

わたしは実際にキムチを漬けたことはないけど、毎日食べているので、今更博物館で見ることもないかと思っていたが、実際にはいろいろ勉強になった。

韓国では、日本に毎年三万トンものキムチを輸出しているそうで、輸出先では世界でダントツ一位らしい。キムチは、まさに韓国の食文化の王様なのだ。

八月十一日（金）　晴（22℃〜32℃）

朝から間が抜けていた。確かに、明日から待望の夏休みで、日本に帰れるという浮ついた気持ちがあったかもしれない。それにしても、コンタクトレンズを洗面所に流してしまうとは……。幸い買い置きがあったからよかったが、なかったら、地下鉄にも乗れなかったかもしれない。

会社のあるビルの入口で、管理人のアジョシ（おじさん）に会った。アジョシといってもかなり歳嵩のいった人で、どちらかというとハラボジ（お爺さん）に近い。笑うと、あらかた抜け落ちてしまってそれでもかろうじて歯茎にくっ付いて残っている、疎林のような歯が見える。それが愛嬌で、みんなに好かれている。ところがこの朝、いつものように挨拶を交わすと、アジョシはことのほか唇をめくるようにして大口を開けて笑った。そして、それを見た瞬間、わたしは石段の中途でこけてしまった。歯は、ギンギラギンの金の総入れ歯に変わっていた。まるで獅子舞の獅子の歯みたいだった。おかげで、履いてきたサンダルの踵が折れた。

仕方なく、会社に置いてあった灰色のローヒールを履いていた。そこへ、いつも忽然と現れて、頼みもしないのに靴を磨いていくハラボジが来た（当然お金を請求される）。デスクワークをするときのいつもの癖で、わたしは靴を脱いで足をデスクの下のバーに乗せ、パソコンと睨めっこしていた。ハラボジはその靴を知らぬ間に磨き、わたしはいつものことのようにお金を二千ウォン渡した。そのあと、靴を履いて取引先に行くため、地下鉄に乗って会社へ着くと、「ケイコさん　足どうしたの？」。よく見るとストッキングのふくらはぎのところが真っ黒になっていた。地下鉄のなかで足を組んでいたからだろうが、靴は真っ黒のクリームで塗りたくられていたのだった。

八月十五日（火）　晴（24℃～32℃）

短い夏休みを家族と過ごし、晩、ソウルに帰ってきた。いくら近いといってもやっぱり疲れた。

帰ると、TVでは、各局、特番を組み、今日十五日（光復節）の南北離散家族の五十年ぶりの再会のニュースで沸いていた。

再会場所に設定されたCOEXを通ってきたが、今日は休日のせいか、交通渋滞はほとんどなかった。

離散家族の相互訪問ということで、韓国側訪朝団が平壌へ、朝鮮民主主義人民共和国側訪韓団がソウルに向かい、それぞれ離散家族と半世紀ぶりの再会に臨んだ。

ニュースの様子では、アイゴーアイゴーといって再会の感激を表わし、涙の海という感じだった。飛行機で五十分の距離で分断されて来た家族達。嬉しくて泣いているのか、それとも今まで会えなかったことを恨んで泣いているのか、久しぶりにもらい泣きしてしまった。

今回の再会のドラマはとても簡単な文章で表現しきれないし、きっと日本に居て、日本のニュース番組を見ていたら、実感は伝わってこなかったろう。

八月十七日（木）　曇のち一時大雨（24℃～29℃）

夏休みも終わり、昨日から仕事が再開された。わたしは、早速、取引先を訪問することになった。前に日本まで同行し、企業訪問の案内をした会社だ。日本まで連れて行ったのは別に観光目的ではないし、それなりの成算があってのことだ。これでうまく契約に漕ぎ着けなかったら、わたしのビジネスウーマンとしての資質が問われることになる。韓国に来てから、そういう場面はたくさん経験した。でも、いつも緊張する。

例によって辛抱のいるネゴになった。扱っているシステムは市場で競合していて苦労するとは思っていた。案の定、相手は他社からも見積もりを取っていて価格交渉に出てきた。だがわたしは、その瞬間、これは取れると踏んだ。価格交渉をしてくるというのは買いたいという気持ちがあるからで、まずは土俵に乗ったわけである。あとは品質とサービスで競合会社との違いを理解してもらえばいける。結局、日本に連れて行ったことが功を奏した。企業訪問して、その技術力を認めていたのである。わたしは相手の面子もあるので、価格とサービス（初めからこうなることを予想して提案内容を設定するのだ）で少し妥協し、契約に持っていった。

契約成功となれば、お定まりの接待となる。が、幸か不幸か、相手には予定が入っていたし、実はわたしも予定があった（ということは、どっちも今日成約するとは考えていなかったわけだ）。わたしは改めて接待の場を設けることを約束して、別れた。会社の廊下を小走りに玄関に向かいながら、わたしは、「やった、やった！」と心のなかで叫んだ。

喜び勇んでその会社を出たとたん、激しいにわか雨に見舞われた。気合いを入れて着ていったスーツはずぶ濡れ。でも、気持ちよかった。

会社に電話でわけを話しそのまま家に帰って着替えして、また出かけた。夕方、知人の娘さんのトルチャンチ（生まれて一年無事に育ってくれたという祝い事、韓国では普通歳を数《かぞ》え年で数えるので二歳の誕生日になる）に招待されていた。

わたしは運転手付きのＢＭＷを持つ別の知人と一緒に、恰好よく目的地の仁寺洞に向かう手筈だった。ところが、待合せ時間を一時間過ぎても現れない。携帯電話をかけても通じないし、あきらめて地下鉄で会場へ急いだが、結局、かなり遅刻してしまった。（どういうこっちゃ）

やっと到着すると、大勢の親戚や友人などが娘さんの一年のお祝いに参加していて、それぞれ、トルパンジ（生まれて一年を祝う金の指輪）や子ども服の贈り物を持ち寄っていた。わたしはといえば、帰省前に準備していたかわいい秋のカーディガンを手わたした。

トルチャンチの行事では、主人公の子どもの前にご馳走を並べ、筆、お金、糸などを置いてどれかを取らせて将来の可能性を占うという伝統的な儀式が行なわれる。筆だったら博士。お金だったら事業家。糸や道具だったら手先の器用な職人。そして、最近は携帯電話も並べ、それを取ったらＩＴベンチャーの社長になるんだという。わたしは遅れてしまって、あいにくその儀式を見ることはできなかったが、どんな具合だったのか、ご両親に聞いてみた。

「この子は筆を取ったの」

トルチャンチ

ご両親は嬉しそうにいった。

「将来は学者か博士ですね」

わたしはその子の頭を撫でた。

「ムハハ……」

お父さんは、込み上げてくる嬉しさが我慢できないといったふうに鼻の穴を広げた。隣のお母さんも喜色満面でうなずいていた。それからわたしの顔を覗き込むようにして、

「あなたにはもらってばっかり。いつお返しできるときが来るのかしら」

と意味ありげにいった。(どうして結局こうなるのじゃ)

「いつになるかわかりませんが、今からたっぷり貯金をしていてください」

しかし、わたしは、臆面もなくそう答えた。日頃、母の物言いに鍛えられて、だんだん腹が据わってきた。それに、今日はなにをいわれても嬉しいのだ。

終わって外に出ると、雨上がりの涼しい風が吹いていた。どこやら、秋を感じさせる。

「もう秋になるのか……」

わたしは暗い空を見上げてため息をついた。

「いっそソゲティングでもセットしてもらおうかな」

感傷も、すぐ現実問題にすりかえてしまうわたしであった。

八月二十日（日）　雨（22℃～29℃）

日曜日のソウルは雨だった。

日本から遊びに来た友だちと一緒に梨泰院（イーテウォン）へ行った。地下鉄四号線の「二村駅」で降りてタクシーで十分ぐらいだが、「三角地」で降りるとタクシーで五分ほどで行くと聞いていたのでそっちを選んだ。

梨泰院は米軍基地があるせいか、外国人向けのショッピングストリートとして発展してきた街で、外国風の建物も多く、ちょっと他とは違った雰囲気がある。

メインストリートには客引きが待ち構えていて、「昨日からあなたを待っていました」などと歯の浮くようなことをいっては「偽物の鞄と時計どうですか」と誘っている。そういえば数ヵ月前に来たときは、「十年間あなたを待っていました」「幻の時計、完璧なコピーあります」なんてわれた。キャッチフレーズは少し控えめになっているけど、コピーを堂々と、しかもあっけらかんとして売ってるので、こちらの方がうろたえる。

革製品を扱っているお店に入った。店内には、日本語で書いた、グッチやシャネル、プラダのカタログが置いてあった。このあたりが欲しいというと、どこからか袋に入れたサンプルを持ってくる。わたしたちは、ブランド品じゃないけど皮の質がいい鞄（イタリア製と書いてはあるが……）を選んだが、十三万ウォンだった。そこで、値切りの交渉。

わたし「（日本語で）十万ウォンだったら買うわ」

店員「うーん、それじゃわたしたちの利益は全然ありません」

わたし「それじゃ結構です」

店員「ちょっと待って」

そこで店員はハングルで店長に、「ウォンカガ　七万ウォンインデ　一〇万ウォンロ　パラド　テヨ？（原価が七万ウォンだけど、十万ウォンで売ってもいいですか？）」

店長「テェ（いい）」

わたし「カムサハムニダ」

交渉成立。日本語しかわからないと思っていた店員は、あとでわたしがハングルを聞き取っていたのを知ってぽかんとしていた。原価が七万ウォンなら、八万ウォンっていえばよかったかな、などと思ったが、「欲には目見えず」というからやめておこう。

八月二十七日（日）　雨（21℃～25℃）

行ってきたのだ、チャゲ&飛鳥のコンサート。

日本の大衆文化開放の一環として一九四五年以降初めて開かれた、日本人による日本語のコンサートである。チャゲ&飛鳥も大好きだし、前からぜひ行きたいと思っていたのに、いそがしくて事前にチケットを手配できなかった。でも、まぁなんとかなるかなと思って、開演七時半の三十分前に会場のあるオリンピック公園に行った。この時間になると、手にチケットを持った日本人客が、広いオリンピック公園内を走りながら集まってくる。

ここまで来たから一番いいR席を買おうと窓口へ行くと、係員は十万ウォンだという。うーん高いな、と思っていたら、後ろから韓国人のアベックが「余っているR席を買って欲しい」と声をかけてきた。結局五万ウォンでゲットすることができた。

わたしの席はと探すと、ステージ前に五百～千席ほどあるR席の左後方だった。ところが、なんとわたしの席の周辺四、五席が雨漏りしていて、そのままだと室内なのに傘を差しながら視聴しなければならない。立派な会場なのに、どうして？　と思ったわたしの頭を、オリンピック＝突貫手抜き工事というキーワードがよぎった。

結局、わたしは最前列から五列目、ステージ前のほぼ中央のＶＩＰ席に案内された。開演時間を過ぎているというのに少し空き席の目立つ一角で、一万人入ったという来場者のなかで、最高の席だったに違いない。超ラッキー。日本からわざわざツアーで来ても二階席だった人もいるというのに、ギリギリにやってきたわたしがラッキーの連続で格安のＶＩＰ席をゲットしたわけだ。うふふ。

肝心のコンサートは、二人の熱唱に会場もヒートアップ。飛鳥が、歴史的なコンサートに歌の途中で感極まって涙する場面もあったりして、わたしにとっては、大乗りの二時間半のコンサートだった。

二人は、メモを見ながら何度か韓国語を交えて、発音もイントネーションもよかった。ずいぶん練習したのだろう。二人の今度のコンサートに対する誠実な思いが伝わってきた。感動的だった。

八月三十日（水）　晴（22℃～30℃）

夜遅くまで一人居残って仕事をしていた。そこにビルの管理人のチョウさんが様子見に顔を出した。チョウさんは、たぶん六十代。アジョシ（おじさん）というよりハラボジ（お爺さん）に近い。くったくのない笑顔にこちらもつられて笑顔になってしまう、そんな人だ。

ちょっと一息入れたかったので、わたしは手を休めてお茶を入れ、チョウさんにも勧めた。奥さんとは二十年も前に離婚して一人住まいだそうで、それでもなんの屈託もなさそうにして仕事をしている。そのチョウさんが、お茶をひと口すると、やおらズボンの裾をまくって見せた。足首に、抉ったような傷があった。

この傷はね、朝鮮戦争で受けたもんです。朝鮮半島は二つに分断されましたけど、ドイツとは違いますよ。どっちも、国が分断されたということでは同じかもしれないが、でも違うんですよ。わかりますか。ドイツ人は、殺し合いはやりませんでした。しかし、我々は殺し合いをやったんです。だから、ドイツとは違うんですよ。これはね、大変なことですよ。

この傷を負う前の出撃のときにも、北に取り囲まれてしまいましてね。散々な目に遭いました。でも、命からがら戻ったんです、拠点まで。拠点は堤川（チェチョン）というところでした。

米軍とか普通の軍隊だと、前線から戻ってきたら四ヵ月ぐらいはなにもせずにブラブラするもんなんですよ。ところが韓国軍は貧乏だし、余裕もなくてすぐ再出撃です。たまらんですよ。前線の洪川（ホンチョン）というところまで行軍していきました。

そのときはね、アメリカ製の軽機関砲を持って行ったんです。ところが、アメリカ人用の武器って重くてね。それで、砲身とそのほかに分解して持っていくわけです。わたしは砲身を担いで行ったんだけど、肩がちぎれるかと思いましたよ。それで、ずいぶん苦労して目的地に辿り着いたんですがね。そこで、わたしは、なにげなく向こう側を見ようと、木の茂った五メートルほどの坂をよじ登ったんです。そしたら、わたしがさっきまでいたところに砲弾がぶち当たったんです。仲間は体がちぎれて、バラバラになってしまった。その砲弾の破片がわたしの足首にも命中しましてね。これですよ。これが傷の痕です。顔から血の気が引きましてね。真っ青だったそうです、わたしの顔が。しばらくの間はなにが起きたのかわからなかったんです。それで、我に返って、逃げなけりゃと。

それから三日間、水だけで逃げ回りましたよ。弾が飛び交うなか、逃げました。ひどい目に遭いました。わたしのいた一個小隊は百三十五人いたんですがね、そのとき生き残ったのは二十人だけだった。

だから、新聞やらテレビを見ても、北のことを冷静には見られんのですよ。わたしは、地理的には北の生まれですよ。一九三一年です。平壌よりやや南西の南浦(ナンポ)出身です。もう、ああいう目に遭うのはごめんですな。

語り終えるとチョウさんは、わたしにいつもの笑顔を見せ、

「仕事が忙しぃのはいいのですがねアガシ、体も大事にしてくださいよ」

そういい残してオフィスを出て行った。

時計を見ると、もう十二時近い。わたしは仕事を切り上げてオフィスを出た。

頭の裏にチョウさんの話がこびりついて離れなかった。チョウさんは、なぜあんな話をわたしに語って聞かせたのだろう。

9月 September

九月八日（金）　雨（19℃〜24℃）

三日間、出張で日本に戻っていた。しかも大阪に帰ったというのに、母と一緒にいる時間はほとんどなかった。

韓国では、今年は九月十一日〜十三日が旧暦の秋夕（お盆休み）になる。この秋夕は韓国で最も大事な行事で、先祖の法事をしなければならない。

たいがいの会社は、明日、九日から休みとなり、ソウルに住んでいる人の多くがいっせいに故郷に帰る。結果、ものすごい交通渋滞が起こる。

日本でもお盆には故郷に帰る人が多いが、韓国の場合は、先祖の法事というはっきりとした目的があるので、大渋滞であろうともめげずに故郷に帰るのだ。そして、この法事のときは、各々の実家や本家にお中元（?・）を持って挨拶に行くしきたりになっている。このときばかりは、社会的な地位など関係なく、分家筋の人が本家に挨拶に行くので、ときには同じ会社の上司が部下にお中元を持って挨拶に行くという、逆転現象が起こってしまう。想像しただけで面白い。

この時期、韓国人は、自分の人生を見つめ直す人が多い。お盆休み明けに会社に行くと、ある社員が出社せず、辞表だけを郵送で送りつけて来たなんてこともよくあるみたいだ。仁と礼を重んずる儒教の精神とどう繋がるのかわからないが、韓国人の気質なのだろうとは思う。日本人のわたしには、今もってよく理解できないところである。

九月十三日（水）　雨（18℃～22℃）

夕方、取引先の工場長から今回独立して開業式をするからとの誘いがあった。休みの日だから、断わろうかなとも思ったけど、その人とは契約の話が進んでいたし、仕事のネットワークが広がりそうな気がしたので出かけてみた。

行ってみれば、四十～五十歳代の男性ばかり。わたしが行くと、ものめずらしいのか、いっせいに一種異様な視線を注いでよこした。その視線がなんだか熱っぽい。なんとなく坐り心地が悪くてもじもじしていると、早速、矢継ぎ早に日本の話題をしかけてくる。面白い話で笑わせようとするのはまだいいとして、歯の浮くような誉め言葉を連発する人、あからさまに、ここぞとばかりモーションをかけてくる人もいて、かなりトホホだった。それなのに、三次会まで付き合わされた。

仕事のためとはいえ、狼の群れに飛び込んだみたいで、かなり消耗した。クタクタになりながら深夜家までタクシーで帰った。

明日から休み明けの仕事が始まる。ふとカレンダーを見たら、もう九月も半ばである。

その夜遅く、もう寝ようと思っていたところに電話があった。親友のナンシーからだった。

「ね、いい人がいるんだ。この間の人とは比べ物にならないよ」

ナンシーの声は弾んでいた。（ほんと、いつも弾んでいるのだ）

「いい人って、ナンシー。あなた、まさか、別の人に乗り換える気じゃ？」

「ノー、ノー、あなたによ。紹介したい人がいるの」

「それって、ソゲティング？」

今度はわたしが声を弾ませた。

「イエス。その人は韓国人のお医者さん。歳は、あなたより五つ上かな。きっとお似合いよ」

「で、いつ？」

「今度の日曜日、十七日。どう？」

一瞬、なにか予定がなかったっけと思いながら、そんなのどうでもいいと、

「ＯＫ、グーね」

と、答えた。

「After a storm comes a calm ね」

「えっ、えっ？」

その夜は眠れなかった。

九月十四日（木）　雨（17℃〜20℃）

ある大手の取引先に出かけた。朴さんの車で、もちろん運転は朴さんである。（わたしはペーパードライバーで、右側通行が怖くて、しかも、暴走する韓国人の車が怖いのだ）

事前にＩＤカード、パスポートナンバー、車のナンバーを登録して予約をしていたのでスムーズに入れた。そして、商談も、そこそこうまくいった。

無事に終えてゲートを出ようとしたら、ちょっとしたハプニングがあった。

警備のアジョシに呼び止められた。

「後ろの座席にあるのはなんですか？」

そう訊ねられた。

「ノートパソコンです」

答えた瞬間、わたしはしまったと思った。この種の物は、はいるときに申請しておかなければならないのだ。しかも、紙袋のなかに入れてあるし、黙っていればそれで済んだ。だが、もう遅い。

「会社の規則で、担当者の申請書と副社長のサインが必要です。今日が駄目なら数日後に決済が下りてから取りに来てください」

アジョシはマニュアルどおりにいった。だが、ノートパソコンを置いていくわけにはいかない。しかも運の悪いことに、午後の六時からサッカーの試合があるので、担当者たちはみんな帰ってしまっている。

「えーっ、そんな。わたしは今から日本に帰国しなければいけません。それに、データを見せただけで、ほかに持ち帰ったものなんかありませんから」

わたしは泣きを入れた。

「担当者に連絡してください」

アジョシは決まったとおりいう。仕方なく、わたしは、よく知っているM課長の携帯電話に電話をし、事情を話してそれをアジョシの耳にあてがった。

「この人は、データを持ち出すなどしていない。資料見せてコピー（コーヒー）を飲んだだけ」（本当は商談をしたんだけど）

「しかし、規則ですから、二時間ほど待ってください」

「この人はこれから日本に帰る飛行機に乗らなければならないんだ。いや、それより、アジョシはどうしてはいるときにそれを見つけなかったんだ。それは、アジョシの責任じゃないか。面倒なことをいうなら、上に報告する」

そのように聞こえた。

「わかりました、今回だけは許しましょう」

アジョシは向き直り、

「次回はちゃんと申請してください」

と、割り切れない様子でいった。

「カムサハムニダ（ありがとうございます）」

こんな時間に日本に帰るフライトなどないけど。と思いながら、結果オーライで胸を撫で下ろした。

隣で朴さんが、笑いを堪えていた。

九月十六日（土）　晴（16℃～20℃）

明日のソゲティングは午後七時にロッテホテルのコーヒーショップで会って、それから一緒に食事をとることになっている。今度は気合をいれなくっちゃ。

そんなこともあって、秋冬物のスーツでも買おうと、会社の帰りに明洞へ出かけた。

わたしは迷わずミリオレに向かった。ミリオレは相変わらずの賑わいで、店内は体がぶつかり合うほど混み合っている。なにかのセールかもしれないが、女の子たちの背負っているリュックがじゃまで仕方がない。背の大きい子だと、サンドバッグでこすられたみたいになって腰が砕けそうになる。そのたびに、「リュックを下ろせ!」と叫びたくなりながら、汗だくになってスーツを選ぶため戦った。

さて、肝心のスーツだが、数軒のブティックを回ったあと、少し気に入ったパンツスーツが見つかったので、早速試着することにした。ミリオレの各店舗（ブース）には試着室のスペースなどあるわけもなく、仕方ないのでほかの客がやっているのと同じようにしてスカートの下からパンツを試着した。幸いサイズもピッタリで、例のごとく言い値から少し値切ってそのスーツを四万八千ウォンでゲットした。

そのあと、別の店でそのスーツに合いそうなブラウスとシャツをゲットしたが、こちらは肩幅だけを合わせてもらって試着ナシ。家に帰り、買ってきた服を着てみようとしたとき、ふと、過去の苦い経験がよみがえった。恐る恐る、ブラウスに袖を通してみた。あちゃー、やっぱり。ブラウスの胸の部分がしまらない。韓国人の女性が胸が小さいわけではないと思うが、みんな、Aカップの服を好んで着ている。実際にブラジャーはAカップ以上を探すのに苦労をする。わたしは、韓国ではあまり自慢にならないみたいだけど、胸が平均より大きいのだ。一緒に買ってきたシャツも同じで胸のボタンが苦しい。無理やりはめたらボタンの間からなかが見えちゃう。あー、また失敗。

あー、明日の日曜日には間に合わないと一瞬思ったが、お医者さまと付き合うことになるチャンスを前におめおめあきらめられるかと、洗濯屋さんに行ってブラウスの突貫修理を頼んだ。なんとたったの一時間で仕上げてくれた。困ったときの洗濯屋頼みである。

九月十七日（日） 晴（15℃～18℃）

ソゲティングの日が来た。

場所は、江南駅近くのコーヒーショップ「リミット」（ソゲティングの名所だ）。時間は十二時。わたしは、突貫修理で直してもらったブラウスに深いオレンジ色のスーツ姿。相手に遅れてはならじと十五分も前に行っていた。互いに知っているのは携帯電話の番号だけで、相手の人が店にはいるなり電話をくれ、それで互いにわかるという仕掛けである。だれが考えたのか知らないけど、なかなか合理的だ。と、携帯電話が鳴った。わたしはすぐ携帯を開くと耳に当てた。実は、いつかかってくるかとずっと手に握っていたのだ。

「ヨボセヨ（もしもし）」

「アンニョンハセヨ（こんにちは）」

「アンニョンハセヨ」

「チョヌン　イム・ヨンチョル　イムニダ（私はイム・ヨンチョルです）」

入口の方を見たら、そのイムさんらしい男性が携帯電話を耳に押し付けながら店内を見回していた。ちょっと小柄で、ベージュのスーツに秋の色を集めたような色彩のネクタイを締めていた。センスは悪くない。わたしは、右手を高く上げた。

イムさんもすぐわかったようで、携帯を畳むと子どもがはにかむようにして駆け寄ってきて、テーブルの向かいに坐った。足下を見たら、靴は茶のリーガルだった。

「はじめまして、イムです」

「はじめまして……」

それからイムさんはコーヒーを頼み、わたしは二杯目のコーヒーを頼んだ。

背が少し小さいということを除けば、取り立てて不満はなかった。むしろ、引き締まった顔立ちに髪を短めに刈り込んだ容貌は、ちょっとプレイボーイな感じがしてわたし好みだった。……ここまでは良かった。

彼はS総合病院の耳鼻科の先生で、主に外来患者を受け持っているという。もともとは内科の医師を目指していたのだそうで、研修医の頃、患者の死を看取ることが何度もあって、それがつらくて耳鼻科に移ったのだそうだ。考えようによっては軟弱だと思われるかもしれないが、見方を変えれば心のやさしい人だといえる。ところが、会話をしている間にも彼の携帯電話にはひっきりなしに電話がかかってくる。それもこちらにも聞こえるくらい大きな声で、電話の向こうから女性の喚く声が聞こえてくる。イムさんは「アラッソー。イッタガ　カッケー（解ったよ。後で行く）、チグムン　イリイッソー（今は仕事がある）」といって切るのだが、相手の女性が引下らないのか、五分後にはまたかかってくる。その間わたしには「日本人の女性はみんな援助交際しているんですね。それに結婚しても男性はみんな浮気しても罪にならないしね。進んでる」なんてアホなことをいってくる。わたしは「はあ?」って感じで、訂正する気にもならなかった。帰りにベンツで家まで送ってくれるといって「温泉マークの旅館」に連れて行かれそうになった時は、とうとう切れた。「舐めんじゃないよー!　サギクン（サギ師）」

九月十八日（月）　晴（14℃～25℃）

この日は、提携している日本の会社の、決算期の最後の週に当たっていることもあって（韓国ではほとんど年末）、今週はいい結果を出さなければならなかった。そうしなければ、わたしの提案を受け入れてくれた日本の上司の人たちに申し訳が立たない。いや、結果はわが社の今後にも影響を与える。

わたしは、今日も契約の前倒し提案をするため取引先をグルグル訪問だ。一〇〇パーセント相手は韓国のアジョシ（オジサン）。ハラボジ（お爺さん）もいるけど、いつも紳士に対応してくれているこれらの韓国の男は実はみんなサギ師かもしれない。こうなったら、ＩＴ産業も半導体も自動車も思いっきり知ったかぶりをして、日本から来たことのメリットを最大限に生かして国際サギ師になってやる。って感じ。

テヘランバレーを貫くプラタナスの並木の葉は、すでに色づいていた。もうすぐ、鮮やかな黄葉の並木道に変容する。その道を九センチヒールで走った。

九月二十四日（日）　晴（15℃～25℃）

前日、意外にも、わたしが扱うシステムの強敵会社C社のK社長から電話があった。なんで？　と思ったが、K社長は肝心の用件を語らず、ただ、大事な話なのでぜひ会ってくれ、ということだった。はっきりいって怖い。相手が大勢で来て襲われたらどうしよ。その日が、今日の午後四時、場所は、江南にあるリッツ・カールトンホテルのカフェ・ファンティーだった。なにも日曜日に、とも思ったが、切羽詰まった様子なのでオーケーした。

わたしは、舐められないように韓国女性のように真っ黒な口紅をつけて、タイトスカートにスーツ姿で出かけた。

実は、この会社とは三年間システムで競合していて、いわばライバル関係にある。韓国ではどちらかというと、わたしの会社があとからその市場に参入したので、K社長にしてみれば、自分が握っていた市場をかなり奪われ憎んでいることは解っている。その社長がわたしを直接呼びつけるのだから、話は尋常じゃない。そして、わたしには、もうひとつ心当たりがあった。

そこの会社の女性エンジニアが、わたしの会社の求人に応募してきたのである。そのときは、正直びっくりしたが、辛部長は採用を保留した。なぜこの女性が、ライバル会社であるわたしの会社に応募してきたのか。理由は、面接のときにわかった。彼女は、その場で、上司からセクハラを受けていて我慢できず、それであえてわが社を選んだのだといった。

「ポクス　ハゴシッポヨ（復讐したい）」

経歴を見ればかなりのキャリアを持っていて、採用するに十分だった。が、その理由に少し引っ掛かった。

それをK社長が知らないはずはなく、もしかすると、わが社が彼女を引き抜いたと誤解しているかもしれない。そうなると、話はさらにややこしくなる。わたしは気乗りしなかったが、いずれどこかでそういう場面に出会うだろうと思い、腹を決めて指定のホテルに足を踏み入れた。

カフェは日曜日で混んでいたけど、わたしはすぐ社長を見つけた。社長もわかったらしく（この世界の人たちはそういう嗅覚を持っている）、席まで行くと自ら立って椅子を勧めてくれた。大柄の人で、紺のダブルのスーツで身を固め、煉瓦色のネクタイを締めていた。いかにも高級そうな身なりで、左指にはプラチナの幅広の指輪をはめている。わたしは、わたしらしくもなく、ちょっとたじろいだ。

「はじめまして」

丁寧に頭を下げて名刺を差し出すと、K社長は、

「はじめまして。ミイニシネヨ（美人ですね）」

と、眼鏡の奥の目を細めいかにも如才なくいって、自分も名刺を差し出した。わたしはそれを受け取りながら、

「カムサハムニダ（ありがとうございます）」と、悪びれず答えた。

坐ると、K社長は「こほん」と咳払いをし、どこかくぐもった声で話し始めた。恰幅からしていきなり攻め込んでくるのではと構えていたわたしには意外だったが、もしかすると、社長の方も緊張してるのかもしれない、と思った。

最初よく聞き取れなかったが、K社長はこのところの景気の落ち込みを嘆いているらしい。どうやら外堀から埋めてくる気だなと思っていると、その話が延々と続く。黙っていれば果てしなく続きそうで、わたしは我慢しきれず、

「ご用件をお話ししていただけないでしょうか」

やや尖った声でいった。その瞬間、K社長は目を見開いて、また「こほん」と咳払いをして姿勢を立て直した。

「この際ですから、はっきりさせておきましょう」

K社長は、前とは打って変わって怒気を含んだ声でいった。

「競合するソフトウェアを安い価格で割ってはいるなんてルール違反ですよ。しかも、うちの有能なエンジニアまで引き抜くなんて、まともな会社がやることとは思えませんな」

「価格を決めるのはわたしの会社で、市場のことを考えることはあっても、あなたに相談することではありません。それに、彼女は、自分から応募してきたのです。こちらにはなんの落ち度もありません」

わたしは、用意していた答えを断固とした口調でいった。K社長はわたしの剣幕にあっけにとられたのか、黙っていた。

「用件はそれだけですか？」

わたしは駄目を押した。

「……噂どおりの人ですね。ハハ。まあ、そこそこ仲よくやっていきましょう」

するとK社長は急に態度を変え、

「ところで、まだ夕食には早いけど、これからどうです？」

と誘いをかけてきた。わたしは急に腹が立って、

「残念ですが、これから別の用事がありますので」

冷たくいい放ってカフェを出た。

わたしがホテルでタクシーを待つ間にK社長は現代自動車の最高級車「グレンジャー」で風を切って通りすぎた。わたしは、家に帰ってスーツを脱ぎ捨て冷蔵庫のなかから缶ビールを持ってきて壁に寄りかかった。

これも人生の栄養か……。でも……、腹が立つ。

プルタブを開けたら、なかからビールが勢いよく噴き出した。

ちなみに、結局、その女性エンジニアは、採用されなかった。


九月二十五日（月）　晴（15℃～25℃）

朝、気持ちよく目が覚めた。久しぶりにぐっすりと寝たせいか、なんとなく気力がみなぎってくるような気がする。こういうところが、打たれ強いというか、こだわらないというか、良くも悪くもわたしの性格なのだ。（自分でも不思議に思う）

それで、会社まで歩いて行くことにした。地下鉄で一駅だから驚くほどの距離ではないが、帰宅時にたまに歩いて帰ることがあっても、出勤時に歩いたことはない。なにしろ、いつもだと寝過ごして、タクシーを利用するほどだから。

会社に着くと、まだだれも来ていなかった。やることはたくさんあったが、急に掃除がしたくなって、床掃除をかなり荒っぽくやった。そこへ、みんな示し合わせたように出社してきた。そしてわたしを見るなり、やはり示し合わせたように、目をまるくして口を開けた。それを見て、わたしはニッと笑い返した。

今日は一日外回りだ。わたしは来たばかりの朴さんに、「さあ、行くわよ」と声をかけ、勢いよく車に乗り込んだ。

「今日はすごく良い調子だけど、なにかいいことがあったんですか?」

「そう見える?」

「ええ。それに、恰好いいです」

「お姉さんをからかうんじゃないわよ。モォル　カッコシップンデー?（何が欲しいの?）」

「まさか恋人ができたなんて」

「まさかとはなによ。できちゃ悪い?」

「そうじゃないけど、でも、少し妬けちゃう」

「勝手に妬けろ！」

「うわっ、怖いお姉さん」

といった調子で、とにかく働きまくった。

会社帰り、洗濯屋さんに預けっ放しにしてあった秋冬用の服を持って返ろうと思ってお店に立ち寄った。早速、洗濯屋さんのお姉さんが奥から溜まっていた服を持ってきて、カウンターの上に重ねた。見れば山のようで、いくら家がすぐそこだからといってもとても一人で運べる量ではない。そんなことを百も承知のお姉さんは、抱えられるだけの服を持つと先になって家の方に向かった。わたしは慌てて残りの服を抱え、その先に回った。

ドアをやっとこ開けてなかにはいると、お姉さんもすたすたと入って来た。で、服を置いて帰るのかな、と思っていたら、お姉さん、いきなり箪笥の抽斗を開け、衣類の整理を始めたではないか。そこまでさせては申し訳ないと（いや、箪笥のなかを覗かれるのが恥ずかしかった）、自分が手を出そうとすると、腕を掻くようにして寄せ付けない。仕方なく黙って眺めていたら、あっという間に綺麗さっぱりと整理してくれた。

それで帰るのかなと思ったら、お姉さんはどかっと床に坐り、服の整理の仕方について長々と講釈を始めた。「天井から二段式のパイプハンガーを掛けなさい」。わたしは黙って聞いているほかなかった。話し終えると、お姉さん、なにごともなかったような顔をして出て行った。わたしはまるで狐につままれたようだった。

親切だけど、おせっかい焼きの、典型的な韓国人である。でも、そういうお姉さんがわたしは好きだ。

しかし、考えてみれば、数十点ものこれらの秋冬物を預けたのは、今年の四月。洗濯が終わっても、服を収納するスペースがないからと、ずうっと洗濯屋さんに預けっぱなしにしていたのだ。そして、入れ替わりに先日出した夏服は、洗濯屋さんで来シーズンまで年越しをすることに……なりそう。

過ぎてみれば、はちゃめちゃな一日だった。

10月 October

十月四日（水）　晴（12℃～23℃）

朝からシステム上のトラブルでてんてこ舞いだった。間に立っているわたしは、両方の意見を聞かないといけないのでつらい。どちらも言い分はちゃんとあるのだ。声の大きさや迫力からいったら、韓国側の方が勝つと思う。とにかく、いいたいことをガンガン主張する。一方、日本側もなかなかキビシイ理論で迫る。

それはまだいいとして、これにお金が絡んでくると、韓国サイドは激昂して、そのあとシランプリをしてしまうのだ。しまいには、「ナン　モルラヨ（わたしは知らない）」と跳ね返される。わたしとしては、「オットケー（どうしよう）」だ。

そうした、韓国人の気質と、韓国に行ったときの日本人の滑稽さを川柳にしたものを、わたしが運営しているホームページで応募したことがある。それぞれによく捉えていて面白い。

「喧嘩中　何でオイラの歳を聞く」

（韓国人は、仕事や遊びでもすぐに熱くなる。真剣というか日本人のように調和を保つなんて気持ちなどないから、議論でも契約ネゴでも勝負をしたがり、勝ち負けを争わなければ気がすまないところがある。儒教の影響か、年上の人は偉く、年下（目下）の人は年上の人に従わなければならないので、主に年上と思われる方の人が、自分の攻撃材料の一つとして、歳を聞く）

「ソウル十回　キョンボックンは未体験」

（キョンボックンとは慶福宮。ここは、韓国ソウルの名所で第一の観光地。必ずといっていいほどツアーのコースに入っている。仕事兼観光では、ショッピング〈南大門や明洞〉に行ったりするが、肝心のキョンボックンには行かない人もいる。まして仕事ばかりだったら、キョンボックンは行けない）

「格言に　楽あれば苦有り　爆弾酒」

（爆弾酒は、ビールを入れたボールにウィスキーを入れたショットグラスを浮かべて飲むお酒。たいていは、女の子がいるクラブに行かなければつくってくれない。商談がうまくいったとか、重要接待のときに行くと爆弾酒が出てくる。これが半端じゃない。その気になって飲むと、轟沈する）

「おそおせよ～、今日も　アガシに誘われて」

（オソオセヨは、いらっしゃいませ。という意味。この声を聞くとアガシ〈お嬢さま〉に誘われて、飲みに行くか、高いところに行ってしまうみたい。）


「渋滞の　その先頭に　喧嘩あり」

（韓国で交通事故は日常茶飯事。そして、ちょっとした接触事故でも当事者同士の喧嘩がはじまり、交通渋滞をなおさら加速させるという具合。ちなみに、喧嘩の勝ち負けは事故責任の大小ではなく、声や迫力の大小によることが多い）


「韓国通と　いわれてコチュを　喰ってみせ」

（コチュは、唐辛子のこと。生で食べるのは青唐辛子。すごく辛いので日本人には無理だが、これに味噌をつけて生で食べると韓国人もびっくり。そういう日本人もいる）


「横入り　知らん顔して　アジュマ行く」

（アジュマはおばさん。つまり、そういうこと）

「成田でも　匂いでわかる　ソウルツアー」
（日本からの出張者たちは東京ではニンニクを食べられないけど、ソウルでニンニクをいっぱい食べるから寝不足でもパワーがでる。ただ、東京に帰ったときにはニンニクのにおいがぷんぷん）

「ラミョンを　毎日食べても　独立し」
（ラミョンは「ラーメン」のこと。お金のない人にとっては、かけがえのない食べ物で一袋五百ウォン。会社を辞め、そんなラーメンを食べてでも独立したいと考えている人は多い）

十月五日（木）　晴（13℃～21℃）

このところずっと続いていた新しい女子社員採用の最終面接を、今日はわたしが担当することになった。

韓国の履歴書は、市販のA４サイズの用紙に小学校からの経歴が書かれてあり、右下に「以上の経歴に間違いありません」という記述とサインがしてある。そして、別紙に自己PRを付ける。これを読むのに、結構時間がかかる。わたしには彼女たちの学歴のレベルなんかわからないので、自己PRを重視しているのだ。

彼女は、一九八〇年生まれの背の高い、今どきの美人で、行動がテキパキしている。事務所に入ったときから、社内の男性陣は期待いっぱいでソワソワしていたほどだ。

希望所得について質問すると、食費、交通費の支給の有無を確認したあと、はっきりと「年収一四〇〇万ウォン」と答えた。エアコン、暖房についても聞いてくる。うーん、なかなかしっかりしていると、感心すること頻り。

自宅の電話番号が書いていないのを質問すると、「家族全員が携帯電話を持っているので、必要ないのでありません」。実に、簡潔明瞭である。そこで、その場で、「来週から来て下さい」と即決した。男性陣は大喜び。わたしはそれを睨みつける。

韓国語で社員のことをシック（食口＝生活を共にする人たち）という。女性にうつつを抜かさないで、これからどんどんがんばらなければ食べ物もなくなるぞ、と有頂天の男性社員にいってやった。効き目があったかどうかはわからないけど。

十月七日（土）　晴（16℃〜25℃）

仕事のあと、業者の社長のグレンジャーXGに乗って仁川から来た日本からのお客様を63ビルに案内した。

63ビルの展望台に上ると、ヨイド公園で人々が集まっているのが見えた。それに誘われて下に降りてみたら、SBSテレビ開局十周年記念と銘打って、「第一回ソウル世界花火祭り」が行なわれるという。主催は、(株)韓化、SBS。その前に、五時半からヨイド韓江市民公園でイベントが開かれるという。舞台では、もう、人気歌手や人気グループが歌っていた。まわりの芝生や堤防などにはたくさんの人たちが陣取っていて、お弁当やカップラーメン(辛ラーメンだった)を食べていた。——いいな。

わたしたちは花火を見ようと、遊覧船の近くにある船上レストランに行って、ついでにというかこれが本命というか、とにかくステーキを食べた。(昼に、カルビなど食べるんじゃなかった)

花火は八時半からとパンフレットに書いてあったが、実際には七時半から始まり、四十分間続いた。たまたま、窓際の席だったので食事をしながら花火を見ることができたが、お客様と一緒でなかったら、本当は野外で楽しみたかった。業者の社長は、「薬品会社の主催だから火薬は安いと思うけど、花火が揚がるごとにお金が飛んでいくのは見たくない」といっていた。いかにも社長らしい。

今日の第一回目は日本の花火だったが、次の土曜日の十四日は米国、二十一日は中国、二十八日には韓国の花火が楽しめる。

それにしても、花火というものは開くときには華々しいけれど、消えるときは一瞬で儚い。それに、川面から秋風が吹いてくると、なんともいたたまれなくなってくる。花火は夏の風物だと思っていたが、なぜ秋に花火なのか。ただの景気づけの祭りだと思えばいいのかもしれないが、なんだか人の悪いアイロニーに思えてしまう。

十月十日（火） 曇（14℃～24℃）

ＬＧ電子と日本の日立が、ＣＤＲＯＭやＤＶＤＲＯＭなど、次世代コンピュータ保存装置（光ストレージ装置）を共同開発・販売する合併会社を設立することに決め、十月五日東京で調印式を行った。日立-ＬＧデータストレージという名称の合併会社は、ＬＧと日立が四十九対五十一の割合で共同出資し、資本金十五億円（約百五十億ウォン）従業員三百五十人で十一月一日にスタートする。同会社は新製品の研究開発・マーケティング・デザインなどを専門に担当し、生産はＬＧと日立がそれぞれ担う。

両社は、先月、日韓首脳会談で約束した情報技術（ＩＴ）分野交流に伴う最初の事業という意味があると述べた。

以上はメディア情報。

最後の行にある、両社は……のコメントは、本当に両社が語ったものだろうが、このような提携話が首脳会談後にすぐに持ち上がりまとまったとも考えられず、いかにもとってつけたようだった。

今日のニュースによると、日本や韓国の首相、大統領だけでなく、北朝鮮の金正日総書記もＩＴ、ＩＴといっているらしい。ＩＴ関連技術に関しては、その活用分野の開拓も含め、政府が旗を振らないまでも邪魔をしなければ、民間企業が勝手に事業を推進するだろうし、そのなかで、立場が似かよった隣国の企業同士が提携して世界のなかで勝ちぬくパワーを生み出そうとするケースは、今後も増えるのではないだろうか。

ただ、そうした場合の身近な問題は、両国間の賃金格差だ。上の場合の従業員三百五十人は、日本人と韓国人が中心になるのだろうけど、賃金ベースはどうなるの？　と、ふと思ってしまう。もしかして、ＩＴ社会が進むと、関連業界の賃金のグローバル化も進むのかな？

十月十二日（木）　曇（9℃～15℃）

訪問先のエピソード。相手は日本の資本をもつ大手商社の部長で日本語が話せる。わたしはこういう時は日本語しかしゃべらない。言葉が有利だとこっちのペースを保てるから。
J部長「遅れてすいません。実は娘が痛くて病院に行っていました」
→痛いはハングルで「アップダ」を直訳しているのだ。
わたし「それは、大変ですね。ケンチャナヨ？」
J部長「飲み物は何がよろしいでしょうか？　温かい物、涼しい物？」
→これも、「シウォナンゴッ」を直訳している。
わたし「コピー下さい（コーヒー下さい）」
（注）日本語で「コピーして下さい」といったら、コーヒーが出てくるのでご注意を。コピー（複写）が欲しかったら、「カピー」といいましょう。
J部長「こちらは技術担当のチョイ代理です」
→チョイ(CHOI)はハングルの苗字で「チェ」という。こんなふうにチェさんを紹介された日本人のある顧問は何年たっても「チョイ」さんと呼んでいる。
他にもいろいろと気になる日本語を連発していたJ部長だが、独学で日本語を勉強したその努力は見上げたものだ。

書き出しのフレーズとは逆だが、わたしは日頃の仕事のなかで、言葉は道具だけで、たいしたことがないって思うことにしている。要は相手(両国)を読む力をしっかりつけている人が日韓のビジネスを成功させると（これは、わたし自身にいっているのだけど）。J部長は、日本語は片言だけど、日韓の間に立ち、しっかり会社を成長させる器量を持っている魅力的な韓国ビジネスマンだった。

商談後。

J部長「今日は現地退勤ですね」

わたし「イエー（はい）」

十月十五日（日）　曇ときどき晴（8℃～17℃）

日本の知り合いが、韓国人の特徴的なライフスタイルを少し誇張ぎみに書いた本のことを紹介してくれた。

書名はわからないが、知り合いが教えたくれたのはこうだ。

・韓国人は受験戦争となると一族あげて加熱する。大学にはいるためには家も売る。
・韓国人の恋愛の第一条件は名字。同姓同士は結婚できない。
・韓国人は自慢が大好き。なんでも世界一にしてしまう。

・困ったときでも韓国式ノープロープレム「ケンチャナヨ」で万事オーケー。
・韓国人の気風のよさは世界でもトップクラス。お金が無くてもおごりたがる。
・韓国では議論とカラオケの勝負は大声が決め手。
・キムチと同じく韓国人は辛くて甘い。
・韓国人の人格の評価基準は情と孝の厚さ。
・韓国ではヘソだしルックで街を歩くと逮捕される。

最後のヘソだしルックの信憑性のほどはわからない。だが、それ以外は、まぁいえてるかな、と思っちゃう。

付け加えると、「カラオケの勝負は大声が決め手」は、あまり日本人が知らない事実。韓国のカラオケにはたいがい採点機能が付いていて、大声で歌えば少しぐらい外しても百点をくれる。韓国では大声で歌え。

十月二十日（金）　雨のち曇（11℃～17℃）

わたしはこの日を忘れない。たぶん。（前にも同じようなことをいった気がするけど）まさか、こんなに近くにそんな男性がいるとは知らなかった。いや、その男性とは面識はあったが、よもやこんなことになるとは夢にも思わなかった。

男性はエンジニアで、わたしよりかなり歳上なはずである。その人の働いているところは、わたしの会社がモノづくりの仕事を依頼している会社である。だから、いつも、顔を合わせていた。

「電話をしてもいいですか?」

ちょうど昼時になって仕事を終え、その会社を出ようとしたとき後ろから呼び止められた。振り返れば、その男性「李」さんだった。かなり細密な製品をつくる、どちらかというと技能者と呼んだ方がふさわしい人で、油で汚れた作業服を着けて立っていた。わたしは、なんの疑いも持たず、「いいですよ」といって会社の携帯電話の番号を教えた。

李さんは取り立てて特徴のある人ではなく、中肉中背、頭髪は短く刈り込んでいて、顔はどこやら骨ばっているが、表情はいつも温和だ（少したれ目かも）。仕事の腕はだれもが認めるほど高く、わたしは、その腕を信頼して仕事を頼んでいた。でも、仕事以外に話を交わしたことはなく、また彼自身、無駄口を叩くような人ではなかった。仕事でのわたしの注文に、いつも「アラソ　ハルケヨー（任せて下さい。解っています）」と答えた。「アラソ　ハルケヨー」はわたしのお気に入りのセリフだ。

夜遅く家に帰ったとき電話があった。李さんだった。

「この次の土曜日の晩、お会いできませんか」

李さんは、いたってあっさりといった。

「この次って、来週のですか?」

「はい。時間はそちらに合わせます。場所も示してもらえれば」

「あの、それって、デートの申し込みかしら」

わたしは少し泡を食って訊ねた。

「そういうことになるのでしょうね」

李さんは、ちょっと照れくさそうな声で答える。

「でも、なんで、わたしが?」

「ですから、それをお話したいんです」

「でも、急にいわれても、わたし……」

「いやなら断わってください」

「そういうわけじゃないけど……」

それで決まった。わたしは手帳の日程表を見ながら、時間と場所を指定した。

手帳に書き込んだメモを見ながら、人畜無害って感じの人だから、まあいいか……と、いったんそう思ったが、なにやら胸底から熱いものがこみあげてきた。胸がときめくといったものではなく、人の持つ懐かしい情のようなものに触れたみたいな感じだ。わたしは、秋という季節がそうさせているのかな、と思ってもみた。

わたしは、李さんとこれから先、付き合っていくかどうかわからない。でも、たとえどうなったにせよ、きっと悔やんだりはしないだろうな、と思った。

わたしは、いつになく穏やかな気持ちになっている自分が不思議だった。もしかして、この日が忘れがたい日になるかもしれない。

十月二十二日（日）　曇ときどき晴（9℃～21℃）

さて、ネゴとはネゴシエーション(Negotiation)、つまりは交渉のこと。一般によくいわれる韓国人との交渉のポイントは次のようなものが多い。これは元々は、アメリカで分析されたもののようだ。

◇タブー

○韓国人相手に政治の話は避けるべきである。

○日本との比較をしてはならない。韓国人は、日本に対しては凄まじいライバル心がある。

◇交渉のポイント

○韓国人はタフである。従い、断固とした態度で、一貫した姿勢で、しかし攻撃的にならずに交渉するのがいい。
○食事や飲み会を一緒にすれば、何とかなることも多い。強い人間関係を構築すること。これこそが、韓国で成功するための肝要なポイントである。
○我慢強くあること。結果が出るには時間がかかる。
○交渉相手から、前と同じ質問が出てきても、そのこと自体を非難するのは避けるべきである。それをやってしまうと、その本人が辞任に追い込まれたり、解雇されたりすることもある。
○たとえ交渉相手が英語を話す場合でも、通訳を介することを勧める。特に大きな案件の場合はそうである。
○書面になっている契約書であっても、再交渉あるいは、契約変更の対象となると思った方がよい。

「七つの習慣」というStephen R. Covey氏のベストセラーがあるけど、日本の書店でも売られている。韓国のＬＧ財閥も会社を挙げて、この哲学を学んでいる会社のひとつ。

この本のなかには、Win-Winの勧めを説く章があり「相手も勝ち、自分も勝ち、両者が勝利者になるようなことを考えよ」、というもので、その思想は有名。ＬＧの人は、よく"Win-Win"を価格交渉中に持ち出すので「なるほど」と思う。

しかし、教わることを実践するのは難しいらしく、途中からGive & Takeと合体して、"Take & Win"

になってしまうのに閉口することがある。（それでは勝ち逃げですよねぇ）
知り合いのBさんが長年つき合った韓国側パートナーは大宇マンだが、戦略は何もなく、メンツを基本に交渉してくるという戦略家？　だったそうだ。特に、契約交渉が大変で、過去にきちんと議事録に「最終価格」と明記してあっても、「ディスカウントハセヨ〜（値引きして下さい）」しかいわなかった。（そりゃ大変ですね）
その大宇マンは大宇財閥には珍しく英語ができないらしく、Bさんとのコミュニケーションも難しい。ふたりきりで、交渉すると、
Bさん「アニョォ、アニエヨ〜」（違います、違います）
大宇「クロナ〜、XXXXX XXXXX」（だけど〜、XXXXX XXXXX）
Bさん「クロナ〜、XXXXX XXXXX」
そのうちに、机をたたき合っての交渉になってしまう。
その大宇マンは、とにかく"クロナァ〜(But)"が多く、Bさんも頭に来て「クロナ〜」と連発していたら、クロナ30年戦争と呼ばれ、Bさん側も上司に呆れられてしまったとのこと。この戦いは、本当にあと十年は継続するかもしれないとわたしも心配している。

十月二十四日（火）　雨（13℃～18℃）

朝から大粒の雨で、これでもかっていうくらい降っている間、わたしはとある工場のなかの事務所で価格交渉を延々とやっていた。

最近の製造業の不景気はＩＭＦ時代よりひどいらしい。三星やＬＧから新製品がでなければ、当然その影響は製造業にもおよぶ。仕事がないのは社長にとって相当辛いだろう。

しかし、元々技術者のＫ社長は、わたしが取扱っている商品を気に入ってくれたみたいだ。

わたし「○パーセントまでＤ／Ｃします。現金だったら○、手形だったら○ね」

Ｋ社長「自分は、Ａメーカーの理事も知っているし、この業界では知らない人はいない。Ａ社に入れた価格○にあわせて下さい」

どれだけ自分に人脈があり、自分といい関係をつくればどれだけメリットがあるかをいっているのだ。

わたし「チャンカンマンヨ（ちょっと待ってください）」

（会社に電話をかけるフリ。電話の向こうではアナウンスが流れているのだが、日本語でしゃべりまくる）

わたし「○までは、会社からＯＫがでました。これ以上は無理です」

K社長「イップチャン パッコ センガグル ヘボセヨ（立場を変えて考えてみてよ）」でたー。この文句、交渉がこじれた時に絶対でて来るんだなー。そんな時わたしは、キムゴンモの「ピンゲ（言い訳）」っていう昔のヒットソングが頭のなかでグルグル回る。

こんなふうに交渉は永遠と続く。K社長は仕事がないので、別に時間を気にしていないし、わたしはここまで遠いところきたんだから、答えを持って帰りたい。うーん、暑いし疲れる。結局は、社長がわたしを立ててくれてなんとか収まったが、ちゃっかりオプション機器のサービスを約束させられた。まあいいや。「○○を付けさせてやったー」なんてことで満足してもらえることが多いのだ。

わたしが最後に韓国風に、「アイゴー。チュッケンネヨ（死にそうですよ）。ウォンカド アンナワヨサジャンニム（原価も出ませんよ 社長）」って、昨日行った梨泰院のお姉さんみたいにいったら社長にすごく受けた。

工場をでたら、カッーと晴れて道も完全に乾いていて、雨なんか降ってたなんて信じられなかった。スバラシイー。

十月二十八日（土） 雨のち曇（6℃〜14℃）

わたしは、仁寺洞のインサドンという喫茶店にいた。仁寺洞は陶磁器などの伝統的な美術品を扱うお店やギャラリーのある文化的な街で、わたしのお気に入りだ。そのなかでインサドンは、この街らしく伝統茶を飲ませるところで、店内にはいつもクラシック音楽が流れている。その落ち着いた雰囲気が好きで選んだのだが、考えてみると、なぜ李さんと会うのにここを選んだのかわからない。店内には、ベートーベンのピアノソナタ「月光の曲（ムーンライト・ソナタ）」が流れていた。

ほどなくして、李さんが来た。初めてのデートだからそれなりの身なりをしてくると思っていたが、外れた。油まみれのくたびれたような作業服だった。大手企業の従業員でも作業服姿で平気でナイトクラブに行ったりしているから、ことさら驚くほどのことではないが、それにしても、である。わたしは、それでも気を使って、秋なりのシックな身なりで来ていた。「美女と野獣」とまではいわないけど、十分に不釣り合いだった。

李さんは、ケピチャ（桂皮茶）を頼むと、向かいの椅子に坐った。ケピチャとは、シナモンをナツメ、生姜と一緒に煮詰めた茶で、これから冬にかけて好まれる茶だ。わたしはといえば、モガチャ（木瓜茶＝カリンをシロップで煮出したもの）を飲んでいた。

「仕事が予定通りに終わらなくて、着替える時間もなかったものですから」

李さんは聞かれる前に、その事情を説明した。

「でしたら、無理をしなくてもよかったのに」

わたしは、責めるでもなくいった。

「でも、仕事の方は終わったんですか?」

「まだ途中なんです。ちょっと急用ができたといって、抜けてきました」

李さんは気恥ずかしそうに下を向いた。

それから、二人とも、しばらく黙っていた。

「今日、わけを話してくれるということだったから……、それで来たんです」

「すみません、無理をいって……。率直にいいます。ぼくはあなたが好きです。毎晩あなたのことを考えると寝れないし、自分にとって天使です。お付き合いしていただければと思ったんです」

「でも、わたし、あなたのことは仕事上ではよく知っていますけど、個人的にはなにも知りません」

「ですから、それを知ってもらいたいんです。その先は、その先のことですからいいんです。わたしは、自分の身の丈ぐらいは知ってますから」

「クレヨー(そうですか)、まあ、韓国人らしくないこと」

「ただ、ぼくは、あなたが一生懸命仕事をしている姿が好きです。サランヘヨ(愛してます)。それが、全てじゃないですか? ぼくは、自分に正直でいたいし、その結果がどうであれ、受け止めるぐらいの……」

李さんはそこで口をつぐんだ。

わたしは、胸のなかに感情が湧きたつようだったが、それを押し殺していった。

「わたしは、今なんと答えたらいいのかわかりません」

と、李さんは不意に立ち上がった。

「大変申し訳ありません。もう時間がありません。仕事に戻る時間です。また電話させてください。今日はありがとうございました」

そういって頭を下げると、一万ウォン札を一枚テーブルに置き、出て行ってしまった。わたしはあっけにとられた。

「月光の曲」が、繰り返しなのか、まだ流れていた。

一回目のデートはこうして終わった。

わたしは、仁寺洞の街をただ歩いた。時折冷たい風が吹いて、砂塵を巻き上げた。わたしは、李さんの気持ちを思い量った。そして、彼の伝えようとしていたことがわかったような気がした。しかし、その先を考えようとして、考え及ばなかった。

秋は更けていく。わたしも老けて、じゃない、年輪を重ねていく——。その人生の瞬間に、こういう日があってもいい、と思う。

仁寺洞の喫茶店

十月三十日（月）　雨のち曇（6℃～14℃）

会社に行くと、同僚があるインターネットフォンに登録してくれていて、Web to Webで、無料で国際電話ができるという。ただ、ヘッドホンをつけながら会話をしなければならないし、パソコンの前にいないと電話が来たことがわからない。それに、相手側にも同じように登録してもらって、アドレスをもらわなければならない。どうせなら、もうちょっと使いやすくならないものか。

一方、有料だがお互いの電話機同士で会話できるインターネットフォンもある。日本の取引先Aからの電話が、この方法を使ってかけてくるのだが、こちらは、電話機同士なのであまりインターネットを意識せずに使える。でも、難をいえば、少し聞こえにくいということか。まあ、一般の低価格国際電話よりも時間帯に関係なく安いというから、いいとする。

わたしは、メールやFAXもそれなりに使いこなしているつもりだが、まだまだ電話は手放せない。公私ともに、国際電話代はコストダウンしなければならないのだ。

安くて簡単明瞭で安全。日・韓、韓・日で、これがピカイチというインターネットフォンや国際電話ができたら、仕事もやりやすくなるのだが。などと、取り止めもなく考えていた。

午後、女子社員の呉さんが寒いといいながらプンオパン（フナのパン＝タイヤキ）を抱えて入ってきた。千ウォンで五つ入りだそうだ。形や味はタイヤキそのものだがアンコはそんなに甘くないし、少ない。

みんな大喜びで、一人で三個ぐらいは軽く食べていた。

わたしが、日本に比べたらめちゃ安いし、食べやすいといったら、ある男子社員が、「でも日本のに比べると安いけど、外観と中身の品質が落ちますよ。ほら、バリ(はみ出し)だらけでしょ」だって。なんか業界用語している。

こうして他愛もないことをいっているうちに、もう十一月を迎える。仕事はまだまだだし、わたしはもうひとつ新たな仕事(?・)が増えた。さて、これからどうなるのか、などと、他人事みたいにいっていられないのだ。

11月 November

01　断　水
07　デートの申込み
12　ワークショップ
14　精進料理店「山村」
20　自動翻訳システム
21　三寒四温
25　南大門市場
28　デート申込みのアシスト
30　延さんの見舞い

十一月一日（水）　曇ときどき晴（9℃～14℃）

ソウルは、もう冬の色になった。街路樹の並木はあらかた葉を落としたし、街を歩く人々の身なりも冬模様である。テヘランバレーの通りも、プラタナスの葉が落ちて、なんとなくだだっ広く見える。どこか寒々とする。それでも、今日はまだ暖かい方だ。

一日中、地下鉄と国鉄で移動ばかりしていた。

電車のなかでは、例のごとくいろいろな物が売られていた。なかでも、歯を白くして口臭を防ぐチヤク（歯薬＝ハミガキ粉）は、三千ウォンと高いにもかかわらずよく売れていた。千ウォンで五本入りの歯ブラシも、なかなか売れ行きがいい。そういえば、韓国人には虫歯の人が少ないように思われる。会社でもみんなまめに歯を磨くし（机のなかに常に入れてある歯ブラシにハミガキ粉をつけてから席を立つのだ）、歯並びと白さを自慢する人が多い。

たまたま、わたしの前で携帯電話の形をしたライターが千ウォンで売られていたので、これから行く業者へのお土産に買った。あまりうまくいっていない商談だったので、ウケを狙ったのだが、やっぱり

効果はなかった。（ぐすっ）

遅い帰りの地下鉄では、目の不自由なおばあさんがザルを手にラジカセを肩から掛け、音楽を鳴らしながら歩いていた。いつも、朝や昼間だとだれもお金を入れないのに、夜ともなると、あちこちからお金が放り込まれていた。これもコツとタイミングがあるのだ。と、なにやら自分の営業の仕方に引き寄せて考えてしまった。

女子高校生が地下鉄のなかで辛ラーメンのスナック菓子を美味しそうに食べている姿を目撃した。よく見ると麺が赤く、普通の辛ラーメンにスープ用のパウダーをまぶして食べているようにも見えた。そういえば、まだ夕食もとっていなかった。コンビニで四百八十ウォンの辛ラーメンと千ウォンのキムチを買って家に帰ったら、水道の蛇口をひねっても水が出ない。えっ、どうして？　水道代を滞納しちゃったから？　と思いながら困って大家さんに聞くと、わたしの住んでいる地域一帯が「断水」だという。原因を聞いてみると、どうやらなにかの工事をやっているらしい。昼間は家にいないし、ニュースで報道しているわけでもないので、こんなときは泡を食ってしまう。

早速、コンビニに一リットル千ウォンの水を数本買いに行き、顔を洗いラーメンを作り食べていたらひとり暮らしが急に空しくなってきた。何のためにひとりで韓国まで来て仕事ばっかりしているんだろ。みんなは結婚して暖かい家庭をつくっているのに、わたしはひとりぼっち。日本に帰りたいよ。

テレビを見ていたら、台湾でのジャンボ機事故のニュースを流していた。台風のなか、シンガポール航空のジャンボ機が離陸に失敗して爆発炎上、多くの死者が出たという。わたしは飛行機に乗るのは嫌いじゃないし、仕事では、日本〜韓国路線のほか、韓国の国内路線にも乗る機会が多い。これまで、強風や大雪で乗る予定の飛行機が欠航になったり、出発を見合わせたりすることが何度かあって、どうでもいいから早く飛んで、なんて思っていたけど、これからは、じっくりと待つことにしよう。

十一月七日（火）　雨（6℃〜13℃）

このところ少し暖かい日が続いたが、今朝は結構冷え込んだ。おかげで早く目が覚めてしまった。そこで、「よし！」と飛び起きて、日頃の運動不足を補おうと、少し離れたところにあるプールに行って出勤前のひと泳ぎ。久しぶりに、仕事前にリフレッシュできた。

それで気をよくして、張り切って外回りをした。結果はそこそこだったが、夕方になったら急にバテてしまった。出勤前のひと泳ぎがきいてきたのだ。

その夜遅く、李さんから電話があった。先月の末頃に会って以来だ。

電話の中身はデートの誘いだ。とはいっても、いきなり「今度の日曜日お会いできませんか」と来るんだから参ってしまう。とっさに返事も出てこない。

つづく話も例によって率直で、言葉少ない。なんとなく味気ない気もするが、妙に飾り立てたセリフを聞くよりいい。よくいえば素朴で裏がない。悪くいえば、武骨で田舎者。それにしても、もう少し口の利き方があると思う。

携帯電話に入ってくるメールだって、ハングルで「コンガンハセヨ?」(健康=元気ですか?)このところめっきり寒くなってきました……」てな具合なんだから、せめて、「ボゴシッポヨ(会いたい)お元気ですか」ぐらいあってもいい。

で、どうしたかというと、三日間ワークショップがあって日曜日の夕方帰って来るから、そのあとでなら、といってしまった。結局、約束してしまったというわけだ。別に威圧的でもなんでもないんだけれど、ぼそぼそと遣り取りをしているうち、そうなってしまう。自分でも不思議だ。

話し終わって電話を切ろうとしたら、電話の向こうで、「ウフ」という声が聞こえた。てっきり笑われたのだと思って、「それって、なに!」と声高になったが、李さんいわく、「今テレビで『ソ セウォン(明石家さんまにそっくり)ショー』やっていて、それがおかしくって、どうも済みません」だって。怒鳴りたくなったが、阿保らしくてやめた。

天気予報で、明日の朝は今日よりも冷え込むといっていた。風邪をひかないように、早く目が覚めないように、今夜は、オンドルをガンガンに効かせて寝てやる。

十一月十二日（日）　晴（2℃～8℃）

十日から仕事関係のワークショップがあって江原道ソラクサンに行ってきた。車でコンドミニアムまで五時間の道程だった。ソラクサンには、有名な峠がいくつかあるが、ミシリョンの峠からの夜景は格別なものだった。この辺りには、こういったコンドミニアムがたくさんあり、家族や会社ごとに会員契約すると、夏には海水浴、秋には紅葉、冬にはスキーにと利用できる。なかには、蒲団、ガス台、食器、タオルなどが付いているし、料理もできるようになっている。

ワークショップが終わると、みんなで、近くにあるボウリング場やビリヤード、カラオケなどに出かけて遊んだ。さんざん遊んだあとは、まだまだ元気が残っている仲間たちで夜中の海（大浦港）に行って、刺し身を買ってきた。この辺りの海は東海になるので、海水も綺麗で新鮮な魚がたくさん獲れる。ソウル市内なら二十万ウォンはすると思われる量の刺し身（ヒラメ、メバル、ハマチ、タイやオジンオ〈イカ＝イカは安いのでサービスでめっちゃ多い〉）を、八万ウォンで持ち帰り用にしてもらったら、野菜や辛味噌、しょうゆ、ニンニク、唐辛子まで付けてくれた。それをコンドミニアムに持ち帰り、焼酎を飲み飲み、刺し身をつつきつつき、朝まで語りあった。次の日は、紅葉とお寺を見物してからソウルに戻った。

それにしても、ソラクサンの紅葉は、真っ赤に燃える韓国人の心のように鮮烈だった。楽しくって、エネルギッシュな三日間であった。で、肝心のワークショップは、といえば、結構、団結力、やる気、創造力向上に役に立った。（と思う）

この人の心は、燃えるってことがあるのだろうか。だれでもない、李さんである。

明洞のコーヒーショップで待ち合わせた。もちろん、あのイム氏と待ち合わせた店ではない。わたしが行くと、李さんはすでに来ていて、エスプレッソに甘そうなチョコレートをミックスしたカフェ・ショコラを飲んでいた。

うわーっ、この人下戸の甘党かしら、と一瞬足を止めると、李さんが顔をあげた。その口にチョコレートが付いている。わたしを認めると、李さんは慌てて立ち上がり、軽く頭を下げて椅子を勧めた。さすがに作業服も戦闘服も着ていなかったが、一見して誂えたばかりのようなスーツ。それはまだしも、スーツの色も結んだネクタイもちぐはぐで、まるで似合ってない。どうやったらこんなにちぐはぐにできるのか、こちらが悩んでしまうが、本人はいたって平気ですまし顔をしている。技術者としては腕もセンスも抜群だが、ファッションの方はその正反対。やっぱりミスマッチじゃないかしら、と思いながら椅子に坐った。

それなのに、である。わたしは店員に注文を聞かれて、なんの考えもなくカフェ・ショコラを頼んでしまった。この人といると、わたしまでちぐはぐになってしまうのかな。参っちゃった。

それから、李さんは、釣りの話をし、サッカーの話をし、インターネットゲームの話をし、最新のITの話をし、いきなり焼き物の話をした。釣りとサッカーはそれなりに繋がるし、インターネットとITも結び付きはある。でも、なんで焼き物なのだ。そこに、なんの脈絡があるのだ。

だが、焼き物の話に移ったとたん、李さんの表情が変わった。たれ気味の目が吊り上がって、表情も引き締った。彼は、韓国陶磁器の歴史と今日の姿を熱っぽく話して聞かせた。わたしは、陶磁器のことはあまり知らないけれど、青磁を初めとする韓国の陶磁器文化の奥深さを知らされて、思わず関心してしまった。そのあと、李さんは、

「ぼくは利川の出身なんです。祖父が陶芸家でぼくもそれをやろうとしましたが、かないませんでした」

と、いった。わたしはそれで合点したが、なぜ「かなわなかったのか」聞けなかった。

それから、当然のようにして仁寺洞に行った。李さんは、行く先々の陶磁器店でもいろいろと説明をしてくれたけど、わたしは深くは理解できなかった。ただ、帰り際、小さな青磁の香炉が目に付いて足を止めたら、李さんが素早く買ってくれた。十五万ウォンだった。

家に帰ってきて、その香炉で、一緒に買ってきたラベンダーの香を焚いた。腰を降ろし、壁に背をも

たれかけて、漂ってくる香の匂いをかいだとき、ふと、李さんが話してくれた窯元の光景が頭に浮かんだ。それをどこかで見たような気がして壁に掛けてある絵を眺めて、妙な懐かしさを覚えた。

そのときから、わたしは、李さんに、少し興味を持った。


十一月十四日（火）　晴のち曇（3℃〜12℃）

ソウル駅でお客様と会うことになった。そこで、出先から地下鉄の三号線に乗ってさらに四号線に乗り換えるのに、忠武路駅で一旦下車した。忠武路駅は地下鉄四号線明洞駅の手前の駅で、地下鉄三号線と交わる乗り換え駅だ。この忠武路駅の三号線の連結エスカレーターは洞窟みたいな壁で覆われて薄暗く、しかも深い。それがなんとも無気味だ。

後から、この洞窟みたいな壁はデザインだということが判ったが、たまたま迷彩服を着た人が何人かいて、もしかして、ここは地下基地へ向かう非常用通路なんじゃないかと勘違いしてしまった。

それはさておき、そのお客様と仁寺洞にある「山村」という店で夕食をとった。ここは、お寺のお坊さんたちの精進料理を食べさせてくれる韓定食料理店だ。肉や魚は出ないが、カルビなど肉料理が続いた人にはかえってありがたい。

この店の売り物は、十六種類ものおかずやご飯、伝統茶やお菓子などの韓国料理。他文化の食べ物に慣れている日本人もびっくりしてしまう。加えて、食後に見せてくれる韓国舞踊がいい。店の真ん中にある小さなホールで、伝統衣装を身につけたアガシが、四十五分間ほど韓国の民族舞踊を披露してくれる。料金はすべてあわせて二万五千ウォンと非常に良心的。最後には、お客様と一緒に踊って楽しむという場面もある。アットホームで、しかも韓国文化に触れられて温かい気持ちになる。

お客様の付き合いとはいえ、ずいぶん食べた日だった。また、体重計が気になる。


十一月二十日（月）　雨のち曇（3℃～7℃）

日本人客を乗せたソウルのタクシー運転手が「オディロ　モシルカヨ」と話すと、携帯電話のハンズフリー用スピーカーから「どこへお供いたしましょうか」という日本語で通訳された音声が流れる。韓国の観光地で日本人が「写真を撮ってくれませんか」と話せばやはり携帯電話から「サジン　チゴ　ジュシゲスムニカ」と訳された韓国語が流れる。

三星総合技術院と日本の日立中央研究所の共同開発により十一月十四日に発表されたシステムだ。このシステムは、旅行中にタクシー、食堂、ホテル、列車、ショッピングセンターなどでよく使われる約千五百もの文章を自動翻訳する。携帯電話で自動通訳システムに電話をかけたあと、韓国語で話せば日本語に、日本語で話せば韓国語に通訳される。現在、体験版が紹介されている。

自動通訳システムと聞けば、試してみないわけにはいかない。早速、韓国語で電話してみたら、早い金属音アナウンスの韓国語で案内するので、全然聞き取りができなかった。やっとのことで、韓国語で「オルマエヨ?」って聞いてみたら、「発音が正確ではないので通訳ができません」だって。うーん、これじゃあ、本やメモでのコミュニケーションの方がよっぽど楽だ。

それでもめげずに、日本の電話番号に国際電話してみた。こんどは日本語で、「トイレはどこですか?」と聞くと、電子音で「トイレハドコデスカ」と応答したあと、すぐに「ファージャンシー オディイミカ」と訳してくれた。これはいけるかも……。

次に、「美味しいレストランを教えてください」と聞くと、電子音は「ヤメテクダサイ」と間違った認識で返事。さらに、「あなたはだれですか?」と意地悪な質問をすると無言のままだ。都合の悪い質問には、答えてくれない。わたしもいつもそうするもんね。

十一月二十一日(火) 晴(-4℃~4℃)

めっちゃ寒い一日だった。氷点下って韓国語で「ヨンハ　サード（零下4℃）」っていう。道路には、氷が張っていた。

訪問先の業者の社長が、韓国は「サマン　サオン（三寒四温）」っていって、三日寒い日が続くと四日暖かい日が続くんだって教えてくれた。確か、これって日本の冬にもよく聞く言葉だったと思うけど、韓国では本当にはっきりと三寒四温を実感する。

わたしは毎日の商談や打合せのなかでも、寒暖を繰り返すので、体調を崩しがちだ。今日も、技術の説明など難しい通訳する時は汗をかいてタートルの半袖になっていたが、話が過去のトラブルだとか、こちらが触れて欲しくない話題に移ったときは冷や汗がでてブルブル体を震わせていた。

十一月二十五日（土）　雨のち曇（5℃～9℃）

やっとの思いで今回のプロジェクトを終えた。パリパリ納期で仕事を終えてホットしたので、空港までの帰り道にお客様を南大門市場にご案内した。

ここには、ブランド物のコピー商品が溢れている。でも、同じようなコピー商品でも、梨泰院（イーテウォン）とは工場のルートが違うので、品質も少し違う。コピーにもABC級があるらしく、はっきりいってくれる。コピーの階級を見抜くのもプロの目が必要なようだ。店の前では、商人たちが、「偽物の免税店です」「プラダ、グッチの新製品あります」などと宣伝している。

なかに入ってみるとソファに坐らされ、コーヒーが出される。テーブルには、日本語のブランド商品のカタログがあるので、好きな品番を選ぶと、店員がお店を飛び出して、どこから持ってくるのかわからないが、黒い鞄にいっぱい商品を詰めて持ってきてくれる。時計を見たいというと、また別のところからブランドの時計をいっぱい持ってきてくれる。店は移動しなくてもいい。わたしは、通訳はいらないので楽だけど、お客様がぼったくられないようにするのに気をつかう。でも実際は、値切るのはお客様のほうがうまいようだ。

まだ時間の余裕があったので、革のコートを並べている店を覗いてみた。

お客様は、いくつか出された商品のなかから、牛革のしゃれたデザインのフルコートが気に入ったらしく、日本語で値段交渉を始めた。結果、最初提示された金額から五六パーセントも値切った（すごい）。その間、冷やかしのつもりで革のハーフコートを見ていたら、別の店員が、いろいろなコートを持ってきては、歯の浮くような誉め言葉を連発した。

「あなたはスタイルがいいから、どんなコートでも似合いますよ」

「うーん、すばらしいです。あなたが着ると、このコートは何倍も価値が上がります」

そして、

「あなたは昔の恋人に似ているから、たいへん安くします」といわれた。これも韓国ではよく聞くセリフなのだが、思わず気分を良くしてしまった。値段を聞くと、四万円だという。わたしは、もともと買うつもりはなかったので、思い切った値引きを要求すると、店員が、「これは、今、東京でたいへんはやっているものですから、あまり安くできない」という。

「東京」と聞いて、心のなかで引き下がれなくなったわたしは、「わたしは昔の恋人に似ているんでしょ」といいながら、財布のなかにあった日本円のキャッシュ一万円プラス五万ウォン＝約一万五千円まで値切ってゲットした（六二・五パーセントＯＦＦ）。でも、わたしは、革コートの値段を知らないから、これって本当に安かったかどうか分からない。

ところで、わたしたちが革のコートを買ったとき、少しビックリしたことがあった。コートが本物の革だということを証明するために、店員がおもむろにライターを取り出し、「ショー・タイム」といいながら、買ったコートにさっと火を近づけて、「ほら、本物の革だから燃えません」とやってみせたのである。

わたしが、「じゃあ、そこにあるプラダのバックにも火をつけて」といったら、「これは　良く燃えます。正真正銘のコピーですから」だって。

それにしても、コピー商品をコピーだといってあっけらかんとして売りまくる韓国人の商魂には、正直、脱帽だ。

十一月二十八日（火）　晴（-2～8℃）

夜、大阪の友だちに電話すると、日本も今日から寒くなった様子で、今年は夏が長かったせいもあって「ようやく」といった感じだそうだ。

日本からのお客様とある取引先で打合せをやったあと、そのお客様（独身？　の日本人Aさん）も含めた数名とある大手企業の担当者との夕食会が入っていた。ところが、その日本人Aさんは、夕食会に参加したくなかったのか、取引先のビジネスウーマン、アガシBさんにデートの申し込みをしたいのでわたしにハングルの指導をしてくれ、といってきた。わたしは、自分が誘われたら困るくせに、「まあ、いいか」と軽いノリでハングルを指導した。

日本人Aさん「オヌル　パム　デートヘジュセヨ（今日の晩デートして下さい）」

アガシBさん「オヌルン　TVサロカヌン　ヤクソギ　イッソヨ（今日はTVを買いに行く予定があります）」

日本人Aさん「クレヨ（そうですか）」

で、会議室に戻ってきた日本人Aさん、「この世のなかにどうしてTVがあるのか。TVを開発した

人を恨む」と口をよじった。（ずいぶん大袈裟）

わたしは、しょげるAさんにいった。

「韓国の女性はプライドが高いから、初めてのデートの誘いで『はい、ＯＫ』とはいかないのよ。テレビは俺が買ってやる、くらいいわなきゃ。絶対に一回で引いたらダメよ」

Aさんは、ふたたび勇気を出してデートの申請。その結果、めでたくデートが成立したらしい。現在も交際していて、アガシBさんいわく、「日本の男性は、女性の立場を尊重してくれるし、謙虚で傲慢じゃないところが好き」なんだって。日本の男性と韓国の女性の組合せはよく合うらしい。これはナゾだ。商談もこんなに順調に進めばよいのにね。

李さんからは、その後電話がない。どうしているのだろうか。

十一月三十日（水）　晴（3℃〜9℃）

風邪をひいて、ついにダウンしてしまった。蒲団を被ってうんうん唸っていると、延さんが見舞いに来た。昼休みに、わざわざ粥をつくって持って来てくれたのだ。今時の韓国女性で、人付き合いもクールだと思っていたので意外だった。

延さんは、仕事パリパリのエンジニアで、仕事上ではわたしと組むことも少なくない。大学の工学部にいたときから、技術を身につけて自立することを目指していたというしっかり者で、いつも椅子に胡坐をかいて、ユーザーの問合せやトラブル対応の電話を受けながらPCを扱っている。プライドが高く、他人からサジェスチョンを受けるのを嫌うところが難点で、わたしともたまにぶつかる。

若くて美人でスタイルがよく、肌なんか真っ白でつるつる。当人もそんなまわりの目を意識していてか、ファッションやお化粧にはことのほか気をつかっているみたいだ。今日もパンツスタイルで上は多分ブラジャーで押さえつけているのだろう、ぴったりと締め付けた服を着ている。韓国の若い女性はだれもがそうで、わたしなどは上着を買うのに苦労する。

彼女は、机の上に鏡を置いていて、仕事中もひっきりなしにメイクのチェックをしている。食事はいつもごはんを半分以上残し、チゲ(スープ)の具は食べないでスープだけすくっている。食後は、ティッシュで歯を拭いてから念入りに口紅を描き直すのが日課だ。唇は輪郭が黒に近い茶色で内側も茶色系だ。これも韓国女性のはやりで、日本の男性のなかには吸血鬼みたいで怖いなんていう人もいる。

男に媚びないのはいいが愛想がない。お酒の席なんかでも絶対にお酌をしない。そういってしまうと、性格の悪い女性のように聞こえるかもしれないが、一度情が移るととことん尽くす典型的な韓国女性でもある。きっと、結婚したらいい奥さんになるだろう。

などと、せっかく粥を持って見舞いに来てくれた延さんの品定めをしてしまった。いや、決して悪気はない。ほんと、ありがたかったし、嬉しかった。

12月 December

十二月三日（日）曇（3℃〜6℃）

十二月である。日本でいえば師走。日本にいなくても、走り回らなければならない月だ。そして、二十世紀の最後の月なのだ。

そんなこととはまるで関係なく、日本から来たかつての会社の先輩たちと水原市にある華城へ行ってきた。水原城は、正式には華城という。華城は朝鮮王朝第二十二代の正祖大王が一七九四年に建てたもので、九七年にユネスコ遺産委員会から、「二百年前に建造された華城は、もっとも近代的な規模と機能を備えている」と、世界文化遺産に登録された。

八達門をはじめ六つの門と、総四十八ヵ所の城郭施設がある。城郭はループになっているので歩こうと思えば可能だが、五キロ以上ある。

東北空心敦などを見たあと、車で城壁のまわりを二十分ほど移動し、八達山にある西将台へ登った。ここは八達山の頂上にあり軍事指揮本部だったところで、二階建ての門楼があって、そこからの景色が見事だった。

城壁と施設以外は、賑やかな水原市の様子が見られる。お城はもうなくなっていたけれど、城郭は、東洋と西洋が混じり合っていて雄大で見ごたえがあった。

わたしはいつも仕事で水原市に来ているが、八達門（現在工事中）＝南門バスターミナルの周辺に世界文化遺産があるなんて知らなかった。おおいに、大変勉強になった。

夜、李さんから電話があった。久しぶりに故郷の利川に帰って戻ったということで、わたしのためになにやら持ってきたので、次の日曜日に会ってもらえないか、ということだった。彼は、今度ばかりは、自分で場所を指定し、時間だけ決めて欲しいという。

彼が決めた場所は「ト・ドラン（土・陶廊）」で、また、仁寺洞の北側にあたるところにあるお店である。そこが陶芸ギャラリーを持ったカフェであることは知っていたが、行ったことはなかった。

わたしはＯＫし、時間を午後六時にした。

利川は、ソウルから南東に車で一時間足らずのところにある市で、その郊外の広い田園のなかに焼き物をつくる家々が点在している。最近、焼き物の里として注目され、海外からも観光客が訪れているところである。わたしは取引先の会社が利川にあるので、ついでに陶磁器美術館などを見学したことはあったが、正直、うわべだけを眺めてきただけで、そこで焼き物をつくっている人たちがどんな暮らしをしているのか、どんな作品をつくっているのかあまりよく知らない。ただ、李さんを通じて、なにかしら見えてくるものがあるように思えた。

わたしは、李さんとはミスマッチだという思いは捨てていなかったけど、彼の人柄については興味がある。仕事のことはさておいて、どこかちぐはぐで、滑稽で、それでいながら焼き物に対する眼差しは熱い。将来は窯元の奥さんになったりして……。わたしだったら、売上倍増にしてお店繁盛させるのになー。

十二月五日（火）　晴（2℃～4℃）

韓国の「公務員」とのつきあいはあまり多くはないが、彼らはたいがい「両班（ヤンバン）」の意識（貴族意識）が強く、つきあいにくいところもある。

先日、知合いの日本人駐在員山田さんが、韓国公務員の日本出張のエピソードを話してくれた。

山田さんの会社に公務員が出張で来るときの主な目的は、商品の検査。日程で多いのは、日曜日にやってきて、土曜日の飛行機で帰国するパターンだ。

彼らがやってくるとなると、一週間前から徹夜の連続で抜けがないように準備をする。そして、当日は当然空港まで出迎える。

翌日抜き取り検査が始まると、それなりに緊張の連続だ。夕方六時になって初日が終了すると、みんな疲れた顔になる。いよいよ、明日からが正念場と思うからだ。

実は「もう検査はいいから、明日・明後日は観光だ」となることが多いという。好きなのは、秋葉原と箱根と歌舞伎町らしい。

彼らは、勤務先から日当と宿泊費が支給されている。しかし、ホテル代は必ず、同行してくる財閥の社員に支払わせる。じゃ、浮いたお金は自分のものにすると思いきや、そうではなくて、おみやげを買う資金源となるのである。

彼らにとって、おみやげというのはおみやげであって、おみやげではない。上司へのおみやげは、お歳暮とお中元を足したくらい重要なものらしく、上司からのおぼえがめでたくなるよう全力を挙げておみやげを探すのだ。それにつきあうのがけっこう大変らしい。

ところで、韓国ではおみやげや付け届けの上納システムが完備されているという説がある。もらった方の上司はそのまま使うかといえば、必ずしもそうではなくて、もっと上の上司に渡ることも多いみたいだ。コニャックなどはその確率が高くて、お金に至ってはもっと確率が高い？ つまりこれは、ピラミッド構造なのだ。

ここからは推測だけど、かつて最高権力者であった盧元大統領が大統領就任中にあれほどの蓄財を果たしたのは、案外このせいだったりして。大統領は付け届けをする相手がいないから、貯まる一方という理屈。大統領になったことはないけど、多分そうだろう。

山田さんもたいへんだ。

十二月六日（水）　曇（-5℃～6℃）

今日はマイナス五度から始まった一日だった。部屋は暖かいけど、その気温を聞いただけで震えが来る。こういう日の外回りはつらい。よほど気合いを入れてかからないと、韓国人パワーに負けてしまう。昼過ぎ、女性エンジニアの延さんと一緒に、ある取引先を訪問した。ここは、先日、帰りがけにノートPCが引っ掛かった会社だったので、今回は、ノートPCと車のナンバーを事前に申請した。

申請していたからすんなり入門できるかなと思っていたら、駐車場入口で止められ、ノートPCの容量チェックを行なうといわれた。仕方なくPCを立ち上げると、アジョシがサブディスクも含め、全てのディスクの空き容量を調べ、控えた。帰りがけにディスクの空き容量が変わっていたらいけないのだという。さすが、キビシイ。

それから、今日は、鞄のなかもチェックされた。

「アジョシ、レディーの鞄なのよ。手加減してね」といいたいところだったが、営業のわたしはじっと我慢した。

やっとのことで、車を駐車しようとすれば、今度は、「今日は六日で車ナンバーの最後が6だと駐車できません」という（この車の末尾のナンバーは6なのだ）。この会社では、車通勤を減らすための対策として日付けと同じ車の末尾の車は入れないようにしていたのだ。

「アイゴー。そんな、わざわざ日本から来たのにどうしたらいいの」といつものように日本語まじりで抗議したら（これ得意技）、なんとか通じ、「幹部の目に見えないように隅に移動してください」と許可してくれた。ここでは、いわれる通りに引き下がっていては損するだけなのだ。

そのあとの仕事はもちろん、うまく運んだ。いい感触が得られて、次回か次々回のネゴで必ずゲットするぞ。

十二月七日（木）　曇（1℃～6℃）

十二月になると取引先に行けば、「セヘ　ポック　マニ　パドゥセヨ（よいお年をお迎え下さい）」「メリークリスマス」というのが挨拶代わりになる。

年の瀬間近だが、韓国では、最近ストライキの話に事欠かない。少し前は、医師たちが、先日は、電力会社や通信会社が、そして今日は、農民たちの激しいデモがあった。「ＩＭＦは終わった」といっていたのは一年半前だったが、ここに来て、また、「不況」という言葉をちらほら聞くようになった。今年の初めに株で大儲けをした取引先の社長も、最近はあまり元気がない。

ただ、ＩＭＦのときは金融不況だったので、どの業界も厳しかったが、今は、リストラを乗り越えて元気な会社も見うけられる。でも、韓国経済はまだ冬だ。

いとこが結婚するので、日本に祝電を送りたかった。いつもなら、日本にいる母とかに頼むところだが、時間がなかったのでお昼休みに会社の電話を借用した。

韓国人は会社の電話を私用でバンバン使うし、女子社員のなかには、一時間おきにナムジャチング（彼氏）に電話しているツワモノもいる。「パン　モゴッソー？（ご飯食べた？）」「ミョッシ　クンナー？（何時に終わる？）」などなど、すべてどうでもいいことだ。わたしが「公私の区別をキッチリしなさい」と何度注意してもきかないので、自らの態度で示すことにしているけど、今日は止むを得ない。

そこで、まず一一四の電話案内にかけて、「ジョンボソビス（電報サービス）お願いします」といったが、なかなか通じない。今度は大きな声で怒鳴った。即座に通じた。

発音が通じない時は、大声で叫ぶと通じることが多い。

「局番なしの〇〇七九五にかけてください」と案内の人が答えた。

そこは韓国通信の国際電話局だったのだが、結婚式のお祝いをしたいと日本語でいったら、会社のFAXに申請用紙と文章のサンプルを送ってくれた。用紙に電文内容とお祝い用の花を申し込むと、すぐに会社に電話がかかってきて、明日の朝十時きっかりに、大阪のホテルの式場に届きますという。わたしはほっとした。と思ったら、

「料金は来月この電話料金から引きます」

わたしは慌てて、

「アンデーヨ！（駄目です！）」

そう叫んで、家の電話番号に変えてもらった。

十二月十日（日）　晴（1℃〜4℃）

李さんとデートする日が来た。

仁寺洞の「ト・ドラン」に行くと、すでに李さんがいた。服装は前と同じ、野暮ったさは変わらな

い。前にも思ったことだけど、どうしたらこんなにアンバランスな恰好ができるのだろう。普通の身なりをするよりも、かえって難しいのではないかと思ってしまう。

それに比べ（というより比べること事態に無理がある）、お店は落ち着いた雰囲気で、その一角が陶芸ギャラリーになっている。何人かの陶芸家の作品を並べているようだ。お客さんのなかにはコーヒーカップ片手に陳列されている作品を見て回っている人もいる。そんなことが不自然に感じられないお店で、わたしも気に入った。そして、このお店を選んだ李さんの感性がいっそうわからなくなった。

李さんはカプチーノを飲んでいた。わたしも、注文を聞かれて、とっさに同じものを頼んだ（別に合わせたわけじゃないのに、そうなってしまうのだ）。さっきからかしこまって坐っている李さんの方を見ると、新聞紙で包んだ物を大事そうに膝の上に載せている。

「これ、ぼくがつくったものです」

李さんは膝の上の物をテーブルに置き、スポーツ新聞を開いた。それは、人の顔ほどもある壺のようなものであった。

「それ、壺かしら」

「花瓶です」

「あら、ごめんなさい。わたしそっちの方はよくわからないので」

「いいんです。壺と思ったら壺、花瓶と思ったら花瓶。焼き物ってそういうものですから」

「これを、李さんが?」

「ぼくは、ときどき田舎に帰っては祖父のやっていることを真似ながら、好き勝手なものをつくっているんです。これは、そのなかでも気にいっているんです」

その花瓶は、黄土色と焦げ茶色を混ぜたような色合いで、ところどころ底から上部にかけて炎のような深い朱色の模様が入っている。

「わたし、焼き物を観賞できる目など持っていませんが、少しごついけど、どっしりしていて存在感があると思うわ。それに色合いもいい」

「専門家はいろいろいいますが、ぼくは、使う人がいいと思うのがいいのだと思っています。あなたが使ってくれたら最高です」。李さんは、照れくさそうに頬を崩した。

わたしはそれをもらった。

「あの、テレビの番組はどんなものが好きですか?」

李さんは突然、話題を変えてきた。あまりの唐突さに、わたしは返す言葉もなかった。

「ぼく、イ・セウォンが好きで、ほんとにおかしいんですよね、あの人。ククク……」

それで、先日の電話を思い出した。

「そのイ・セウォンの真似をしているコメディアンが日本にもいるそうですね、眼鏡はかけてないそうですけど」

明石家さんまのことをいっているのだ。

「それは逆でしょ。イ・セウォンの方が真似ているのよ」

「うわっ、芸能界のこと詳しいんだ。いつも仕事のことしか考えていないのかと思っていたけど」

李さんは、大袈裟に驚いてみせた。そんな恰好など、職場で一度も見たことがない。

「好きな歌手は?」

「うーん、いまは、宇多田ヒカルかな」

「うわっ、ぼくも好きです。それに、韓国なら、ぼくは、ジョ・ソンモとかソン・テグァンですね」

ジョ・ソンモはバラードの歌手、ソン・テグァンは演歌の歌手である。ともに売れっ子歌手だが、そこにどんな脈絡があるのだ。

「で、今度、カラオケに行きませんか?」

「センガグル　ハルケヨ（考えとくわ）」

わたしは彼の脈絡のない話に付いていけなくて、打ち切るようにいった。

「ぼくは、いまの仕事が気にいっています。モノづくりという点では焼き物をつくるのに似ています し。ただ、祖父がもう歳で、その窯を継ぐ人がいなくて、このごろ、一旦はあきらめたその世界にもう一度挑戦してみようかと思ったりしているんです。でも、今度始めたら、もう後戻りできませんから。そうしたら……」

少しの沈黙のあと、不意に神妙な話になった。

「そうしたらって？」

「わたしと結婚してください。そんな、そこまでいわせるんですか？」

わたしは目が点になったが、韓国人男性は「結婚して下さい」を気軽に連発するので、軽い否定で受け流した。

だが、李さんは、急に張り詰めたような表情をすると、焼き物の話をし始めた。それは、焼き物について講釈するといったものではなく、焼き物づくりに重ねて自分の人生観のようなものを語っているようにわたしには聞こえた。わたしは李さんの意外な面を見た気がした。そして、前後の落差に驚きもし、困惑した。

家に帰ってから、今日のデートはいったいなんだったのか、と考えた。考えていて、滑稽でおかしかったけれど、どこか憎めない感じがした。でも、李さんのことは、ますますわからなくなってきた。

（でも、この先どうなるのかな、窯元の奥様か～？）

十二月十一日（月）晴（-6℃～-2℃）

とっても寒い朝だった。道には氷が張っていた。アイスバーンだ。こんな日には、ヒールは履けない。そして、こういう日には、路上の屋台が大繁盛する。（あっ、この脈絡のなさ。李さんに似てきちゃった）

この頃の一番のお気に入りは、おでんにトッポッキ（お餅を唐辛子味噌で炒め和えにしたもの）だ。おでんは一串五百ウォンで、醤油につけて食べる。そして、あったかいスープが体を温めてくれる。わたしは帰りがけに一本は食べる習慣になってしまった。

そのほか、石焼きいもや焼き栗も冬の定番だ。焼き栗は石焼き鍋の上で皮ごと真っ黒に焼かれているのが、十個で二千ウォンほど。これも結構素朴な味でわたしのお気に入り。手は真っ黒になるけど。

明日は九時のフライトで釜山出張なので、早く寝なければ。（毎朝目覚ましセットしているお気に入り平井堅のCD「LOVE　LOVE　LOVE」を大きくしておこうっと）

十二月十二日（火）　晴のち曇（-9℃～-1℃）

今朝のソウルはマイナス九度だったが、飛行機で五十分の南の釜山ではマイナス五度だった。昌原市

屋台のおでん

の某メーカーへの提案が目的だったが、頻繁に行けない距離だから、一度で保守契約を決めようと気合いを入れて行った。

わたしは、面識のある社長との昼食のアポをお願いしていた。（わたしは、物怖じしない性格で、トップは得意なのだ、と自分で信じている）

社長は、技術者を伴って現れた。それは、大事なことでもある。トップとの交渉だけで決まってしまい、あとで現場が大変になるというのが韓国企業の特徴だからだ。

午後からのセミナーには、忙しいといっていた技術者たちも、社長の一言で、一人残らず出席した。その技術者たち、初めは礼儀正しく、わたしの提案にも無言でメモを取って聞いていたのだけれど、社長が席を外したとたん意地悪な質問を浴びせかけてきた。

「うーん、数少ない短所を攻めちゃだめ。たくさんあるメリットにもっと目を向けて、大局的な判断をして」といいたいところだったが、技術者のなかにはこだわり屋さんも多いので、こちらのペースに引き込むのが大変だった。結果、同行したわが社のエンジニアの奮闘もあって、なんとか納得してもらった。

いざ帰ろうとしたら、途中で出て行った社長が見えない。どうやらわたしの念力が効かなかったらしい。しかしその分、技術者の人たちがわかってくれた様子だから、いいことにする。

帰りに金海空港で「慶州（キョンジュ）パン」を買った。ここからそう遠くない古都慶州の名物である。

一万ウォンでアンコ入り饅頭がたくさん入っている。仕事に疲れたわたしたちは、飛行機のなかでそれを全部平らげてしまった。仕事の結果よりも、饅頭の味で幸せになった日だった。

十二月十四日（木）　曇（-2℃～5℃）

日本からのお客様と仁川のある工場を訪問した。

仁川といえば、釜山と並ぶ大きな港町だが、ソウルの近郊ということもあってメーカーの工場も多く、行く機会が多い。現在、仁川では来年三月開港予定の新空港の建設や、二〇〇二年ワールドカップの会場となる競技場の工事でパリパリである。

まあ、利用する立場からは今の金浦より遠くなるのであまり嬉しくはないが、仁川の産業界の人たちにとっては、二十一世紀に国際都市へと発展するための、まさに夢の空港なのかもしれない。

そんなことを思いつつ、その帰り、仁川のカニ料理店に寄った。ここはカニ料理専門街にあって、なにしろカニだらけである。

蒸したわたりガニが、大皿（四匹）で五万ウォンだった。料理ハサミで豪快に切りながら、ワサビ醤油で食べたが、甘くて身がたっぷりで焼酎にピッタリだった。また、コッケタン（花ガニ鍋）は真っ赤なスープだが、カニと野菜がたっぷり入っていて体がポカポカと温まる。グットだった。最後にはオジヤにまでしてくれて、カニ三昧。一人二万ウォンほどで、大満足だった。

（注）ハングルでカニは「ケ」、犬も「ケ」。韓国人にすれば発音が微妙に違うらしいけど、下手をして「ケ」が食べたいというと、どっちに連れて行かれるかわからないので気をつけよう。

韓国の冬はとっても寒いけど、冬なりに美味しい食べ物が多い。例えば、毎日食べるキムチはキムジャンといって十二月に一年分のキムチを漬ける習慣になっている。そして、この時期の白菜がとても美味しいのだ。

もっとも、最近はアパート生活者が多くなって瓶を置くところがなくなったり、あるいはキムチ冷蔵庫が出回ったりして、この習慣が少なくなってきたようだ。わたしは、先日大家さんからもらったキムジャンキムチを冷蔵庫にストックしたが、いまから食べるのが楽しみだ。これがまた、焼酎によく合うのだ。

十二月十七日（日）　晴（-1℃～8℃）

ある日、李さんに誘われ、一緒に韓国国民が世界に誇る鄭京和のコンサートに行って来た。鄭さんは、現代最高のバイオリン奏者。

さて、場所は「芸術の殿堂」という大げさな場所。地下鉄3号線、南部バスターミナル駅で下車して十分ほど歩くと見えてくる。コンサートホールとは別にオペラ劇場まであり、この一角だけ森深いドイツに来てしまったかのよう。東京の新国立劇場よりも規模は大きいと思う。

自分の席を確認して座る。これで一安心。

八時五分に鄭さんが出てきた。しかし、あちこちに空席が見える。遅刻してくる客が多いようだ。

一曲目が終わったところで、遅刻の客をドアを開けて入れる。しかし人数が半端じゃない。なかなか着席が終わらないので、気がついた。デタラメな席に座っている人が多いのだ。「そこは私の席だからどいてください」なんてやっている。どっかでよく見る光景だと思ったら、それは国鉄セマウル号でよく見かける光景と同じだった。韓国人は「指定席」が苦手な国民。わたしの前の席は、一時間の間に三回座る人が変わった。

見苦しいし、集中できないので、目をつぶることにした。

着席がやっと終わって、鄭さんが気合いを入れて演奏を始めようとしたちょうどそのとき、携帯電話がピロピロピロ〜。でも、これで他の人も携帯電話の電源を切っただろう。これで大丈夫だろう。きっと。

また静かになり、演奏を待っていたら、今度は携帯電話の着メロが鳴った。その着メロがクラシックの曲だったこともあり、なんだか鄭さんのお株を奪ったみたい。いくら三星電子の携帯ブランドが"ANYCALL"といってもねぇ。

鄭さんはズリっとコケて苦笑い。鄭さんも韓国人だし、慣れているのかな。

演奏が始まった。

すると、ピアニッシモのところでデカイ咳をするアジョシ。バイオリンより咳の方が音が大きい。九時には時計のアラームが鳴った。良く聞けば、ピッピ(ポケットベル)も鳴っている。すごい演奏会だった。でも演奏はとても素敵だった。

わたしのなかでは、韓国ではやっぱりロックコンサートが向いているとの結論が出た。

十二月二十一日(木) 曇(0℃~5℃)

昨日は急な出張で亀尾(クミ)まで行ったが、遅くなったので、現地に一泊することになってしまった。

今年七月初め頃の、韓国メディアのトップ記事に、「ローマ字表記法十六年ぶりに改正」というのがあった。

これは、語頭に来る韓国語の子音〈k〉・〈t〉・〈p〉・〈c〉を今後、g・d・b・jと表記するように決められたもので、たとえば、

「釜山」は、PUSAN→BUSANに、

「大邱」は、TAEGU→DAEGUに、

「金浦」は、KIMPO→GIMPOに

「亀尾」はKUMI→GUMIと、表記が変更されることになったのである。

実はこのニュースのあとしばらく街中の表記をウォッチしたのだが、金浦空港などは、相変わらずKIMPOの表記が続いていたので、表記の変更のことはしばらく忘れていた。

ところが、ここに来て、地下鉄構内での行き先案内が新ローマ字表記に切り替わってきているのに気がついた。例えば、ロッテワールドのある「蚕室」は、CHAMSIL→JAMSILにと変えられている。

う～ん、なんか変だな。

英語圏の国の人にはいいのかもしれないが、日本人には馴染めないし、今までの方がよかったような気がする。もし、韓国人の好きな日本の名所、「金閣（寺）」を韓国の新ローマ字表記で表すと、なんと、GIMGAK（銀閣？）になってしまうではないか。

わたしはソウルに住んでいるから、メールアドレスをseoulkeikoとしたが、もし釜山に住んでいたら、busankeikoに変えなきゃならないところだ。

十二月二十五日（月）　曇のち晴（-4℃～1℃）

クリスマスで、韓国では休みである。国民の三分の一がクリスチャンだといわれているからわからないわけではない。信者たちは、そろって二十四日の十二時のミサに行くが、それ以外の人たちは、二十四日はオールナイトで遊んだり、恋人同士でプレゼントを交換したりしている。家庭では、お父さんが子供にプレゼントをして家族でケーキを食べるのが一般的なようだ。

わたしは、ゆうべ友人たちとハイアットホテルの「ＪＪマホーニ」で夜中踊ってがんばりすぎて疲れ気味だったので、家でゆっくり休み、午後から、正月の帰省の際に持って帰る衣服の整理をしていた。（不要な衣服は持って帰る。実家には主のいない衣服が溜まるというわけ）

午後三時頃、突然李さんから電話があった。夕方、仁寺洞で一緒に食事をしないかという誘いだった。仁寺洞がよほどお気に入りなのか、馬鹿の一つ覚えでそこしか知らないのか（うわっ、口が滑った）、まあどっちでもいいけど、わたしは同意した。体調も回復していたし、クリスマスなのに一人で夕食というのもつまらない。

午後六時、仁寺洞の「ナ・サルドン・コヒャン」という韓国料理店で落ち合った。今日はめずらしくくだけた様子で、グレーのズボンに深緑のセーターを着ていた。靴は茶色で、まあまあである。でも、この人のセンスとは思えなかった。きっとだれかにいわれたのだろう。

早速プルコギ(すき焼風焼肉)を頼んだ。ついでに焼酎も頼み、いっとき、飲んで食べることに集中した。彼はサンチュという野菜の上に肉とニンニクと味噌を入れて包んでくれわたしの口に入れてくれた。そのしぐさがとっても自然で、自分で包むよりずっと美味しい。わたしは、ホロッと気持ちが傾くのを感じた。

またたく間に、焼酎二本とプルコギ二人前を平らげた。李さんはまだ飲み足りないらしく焼酎を追加注文すると、

「昨日、五千万ウォンする機械をつぶしてしまって」

しょっぱなから、フォークボールを投げてきた。わたしは付いて行けず空振りした。しかし、なんで食事のあとの話が機械なのだ。

「あ、いや、ちょっと考えごとをしていたもんで」

自分の粗忽さに気づいたのか、頭を掻いた。

「で、これからカラオケに行きませんか? いや、カラオケするには少し早いから、その前に南大門辺りの屋台で飲み直しして」

今度はスライダーか?

「いま、焼酎を頼んだばかりでしょ」

わたしは、あきれ顔でいった。

「それは持ち込みで、ということで、どうでしょ」

「イエー。ケンチャナヨ（はい。良いですよ）」

それから屋台を二軒梯子して、江南にあるノレバン（カラオケ）に行った。その間互いに大声でしゃべっていたが、なにをいったのかまるで覚えていない。そして、カラオケで彼が歌を歌い始めたとき、わたしは一瞬、酔いが醒めた。李さんは、ソ・テグァンの「ネ　バクサ（四拍子）」を歌った。その歌に、わたしは仰天した。うまいなんて生易しいものではない、まさしく絶品だったのだ。韓国人は歌が好きで、結構上手な人が多いが、李さんのは、それをはるかにしのぐものだった。

李さんは「ネ　バクサ」を歌い終わると、今度は、チョ・ソンモの「アシナヨ（ご存知ですか？）」を歌い始めた。そのバラードがまたすごい。わたしは鳥肌が立った。

それにしても、テンポのいい演歌と渋いバラードの取り合わせとはどういうことだろう。この人は、もしかするとものすごく複雑な頭脳を持っているか、あるいは脳神経がいたるところで断線しているか、そのどちらかだ。

わたしは、聴いていて、自分も歌わずにはいられなくなった。感動する前に、対抗心が頭をもたげた。わたしは彼からマイクを奪うと、とっておきの歌を歌った。

キン・ゴンモの「ピンゲ（言い訳）」、キム・スヒィの「エモ＝愛慕」、そしていきなり日本の歌になって、美空ひばりの「川の流れのように」、テレサテンの「つぐない」、松田聖子の「大切なあなた」、チャゲ&飛鳥の「SAY YES」。もうぶっちぎり。しかも、声の大きさがものをいう韓国のカラオケのカウントで、百点を連発した。（どうだ！）

こうして、わたしの二〇〇〇年のクリスマスは幕を降ろした。そして、頭のなかの配線はすっかりこんがらがってしまった。

十二月二十六日（火）　晴れのち曇（-10℃〜-3℃）

今年最高の寒波だった。朝起きたとき、前夜の名残を引きずっていたのだったが、外の寒気に触れたとたん覚醒した。

李さんは、ちゃんと出社しているのだろうか？　わたしがカラオケで持ち歌を連発したのを見て、目をまるめ口をぽかんと開けて呆然としていたが、大丈夫だったろうか？　わたしの態度に呆れて電話をくれなかったらどうしよ。

地下鉄で、なにかの祝い事にでも出席するのか、着飾った三人のアジュマに出会った。真ん中には、貫禄たっぷりのアジュマが民族衣装を着て坐っている。このアジュマ、髪はお定まりのクルクルパーマで、化粧はちょっと（いや、かなり）キツメ。民族衣装を着ているアジュマはたいがい厚化粧だが、ほかの二人と比べても際立っていた。指には大きめの指輪をいくつもはめていて、手には黒いウールのショールを持っている。その右側のアジュマは、着ているのはベルベット風生地のワインレッドのパンツスーツと黒のコート。アジュマだから当然だが、この季節のソウルでは、アガシもほとんどがパンツをはいていて、わたしのようなスカート派は、ごくごく少数だ。ちょっと前に駅のホームで隣で電車を待っていたアジュマに「アイゴー。寒いのにミニスカートなんて履いて。アガシは下半身を冷やしたら健康な子供産めなくなるよ」と注意されたことを思い出した。左に坐っているアジョシは、グレーのスーツ姿。これだけ見れば、日本人とあまり変わらないが、よく見ると韓国アジョシご用達の金色の腕時計が光っている。（やっぱり、日本人と比べたら派手だ。ある物は全部つける主義なのだろう）

夜は連日の忘年会だ。この時期になると、取引先や協力会社からの忘年会に続々とお呼びがかかる。日本から来た独身のビジネスウーマンは、彼らにとって目立つ存在なのだろう。わたしも今年一年、皆様のおかげて売上を伸ばすことができました。と感謝の気持ちで元気よく一緒にお酒を飲んであげるのだ。そこで決まっていわれるのは、「ケイコ嬢、シジップ　オンジェ　カヨ？（結婚はいつするの？）」この言葉、結構傷つくってことわかってないところが、韓国のアジョシたちだ。

十二月二十七日（水） 雪（-8℃～-3℃）

現地で韓国の財閥企業と付き合っているといろいろなことが見えてくる。友人のホームページに各財閥に関する面白い記事があったので紹介する。主観的なイメージだが、財閥それぞれに対する印象や体験・評価が書いてあって興味深い。

《三星》

ここは、洗練されているしクレバーな人が多く、段取りもいい。業界の人に聞くと三星の携帯電話はきっちりできているそうだ。

昔は、三星重工で組み立て作業をしたファントムが、試験飛行のときに墜落したなどという事件もあったけど……。口の悪い人は、ファントムは韓国人特有の「ねじの締めすぎ」が原因といっていたっけ。

この財閥、やっている業界がほとんど競争激化の分野ばかり。LCD, DRAM, 携帯電話。競争好きの集団というイメージ。

その上、お金の支払いに関しては、強靱な鍛錬をなされている面もある。資材部は強い。「○○さん、ＩＭＦなんだから支払いは十五ヵ月後よ。いいね」と一方的通告を受けた会社もあるみたい。

それでも一番、将来性はあると思う。これも主観的だけど、弱点は「為替変動」かな。

《ＬＧ》

ここは、少し官僚臭さを感じる。書類の書き方にうるさくて、マニュアルなんか書かせたら、ここは天下一品。Powerpoint のつくり方もうるさい。また、おぼっちゃん集団の気質もある。

なのに、モノ作り部門は結構、パクリが多いといわれていて、韓国中小企業のなかには「マネマネＬＧは気を付けろ」という人もいた。

時々聞くのは、ＬＧのある会社に製品を売った後、数ヵ月後に自分の部品メーカーから電話がはいるというやつ。

「おたくさんに売った、□□用部品の型番xxxにＬＧから引き合いが来てるけど、どうなってんの？」

困ったものです。

弱点は「為替変動」かな。

《大宇》

ここは「為替変動」以前の弱点を抱えていた。(過去形)

はっきりいって段取りが悪い集団。二手先が読めないひとの将棋のように感じたものだ。「かなづち！」といったら、「釘抜きもさっと用意」するのが理想的日本の職人だけど、大宇だとまずその前にかなづちを紛失している、そんなイメージ。

本当に段取りが悪い。

業務の基本というのが無くて、全てを応用動作で切り抜けてしまう悪い習性を持っていた。そして、「俺はこんな無理を相手に飲ませたぜ」みたいな英雄的結果が好まれる……。

弱点は「為替変動」と債権者集会だ、なんて悪口もいっていたけど、とうとう、最後は切り抜けられなかったな。

《現代》
ここは、これといってカラーがないように感じる。三星ほどスマートでなく、LGほど書類の書き方にうるさくなく、大宇ほど段取りは悪くない。描写に困る集団。
Made in Koreaにはうるさい。国内生産率を上げることに結構、うるさかった思い出がある。車はHONDAそっくりのHロゴや、アメリカでは「ホンデー」と発音していた「ん？　HONDAの空耳？マーケティング」なんてのもあった。

弱点は「為替変動」。何、みんなだって？　偶然だな。

十二月二十九日（金）　晴のち曇（-5℃～4℃）

韓国の企業は今日で仕事納めのところが多く、明日までの企業も明日は掃除だけという所が多い。朝から、わたしの携帯は「オンジェ　チベ　カセヨ（いつ帰国するの？）」「セヘ　ポック　マニ　パドゥセヨ（よいお年をお迎えください）」といった挨拶の電話で賑やかだった。わたしは今年最後の忘年会を「ワンサンギョップサル.COM（王豚肉のバラ焼き.COM）」で終え、明日、帰国予定だ。

今年の後半は、この「.COM（ダッカムと発音する）」をソウルのあちこちで見たり聞いたりした。韓国経済に貢献したかは別にしてベンチャーががんばり、苦労した年であったと思う。

全国経済人連合会が発刊する月間「全経連」誌が、三星経済研究所など十二の経済研究所代表を対象に調査した「二〇〇〇年の十大経済ニュース」を掲載した。下記のとおりだ。

＊金融構造調整

＊現代建設の危機

＊株式市場の低迷
＊労使葛藤の再演
＊公的資金の組成論難
＊南北首脳会談
＊金融不正コネクション
＊不良企業の処理混迷
＊漂流する国会
＊公共部門の構造調整不十分・油価急騰落

この一年、わたしにとってもいろんなことがあった年だった。立ち上げて間もない小さな会社で、ほかの競争会社に負けじと、前だけを見て走ってきた。韓国経済が低迷するなかでも、そこそこの成績を残すこともできた。もちろん、わたし一人の力は小さい。一緒に働く仲間がいてこそのことである。そして、プライベートな面でもいろいろあった。出会いがあり、別れもあり、時にずっこけた。振り返れば恥ずかしくなるような思い出ばかりのような気がするけど、これも長い人生のなかの貴重な体験だ。「人生の栄養」だと思えば、気も楽になる。

どうして韓国に？　とよく聞かれるが、わたしは「韓国が得意で、大好きだから」と答える。そう自分から韓国を好きになれば、相手も心を開いてくれる。日本で平凡に会社勤めをしていたら絶対に味わえない「やりがい」があるからやって来れたと思う。そう、体当たりでぶつかれば真剣にぶつかり返してくれる韓国が大好きなのだ。

それから二十一世紀の新しい年こそ、いい年であって欲しい。韓国の経済や日本の経済にとっても、わたしたちのビジネスにとっても、そして、わたしの恋人探しにとっても――。そのためにも、平和であって欲しい。

二〇〇一年

一月一日（月）　大阪・曇一時雨のちときどき晴（3℃～7℃）

二十一世紀の始まりを自宅でむかえた。「歴史は、その巨大な頁を音もなくめくった」となにかの小説で読んだが、わたしは、決して大袈裟ではなく身が引き締まる思いで、二〇〇一年一月一日午前零時の時報を聞いた。なにかしら体が震えるようだった。

新世紀の、最初の年の元旦に当たって、今年の抱負を考えた。この三つを掲げたい。

一つ、韓日を結ぶビジネスを成功させる。

二つ、二〇〇二年ワールドカップに（それなりに）貢献する。
三つ、二〇〇二年一月一日に結婚する。そのために、必ず恋人をゲットする。

こうして、わたしの新世紀が始まった。

Hans

エピローグ

この小説は、一九九九年五月三日から始めたホームページ「Keiko韓国奮闘記」（http://members.aol.com/seoulkeiko/）上に書き溜めたもののごく一部に、手を加えたものだ。

ホームページを開いたのは、人一倍寂しがり屋のわたしが、日本で見守ってくれている家族や周りの人たちに、毎日奮闘していることを伝えたくてだったが、あるきっかけから人気サイト「伸治の韓国日記」を引き継がせてもらってからは、楽しみにしてくれている読者の皆さんのためにがんばって毎日続けた。

書き続けたものが相当の分量になったころ、草風館の内川千裕社長から、本を出してみないかというお話をいただいた。これまで出版とは無縁の世界で生きてきたのではじめは躊躇したが、自分が夢中で過ごしてきた日々を日記形式の小説として面白可笑しく書けたらと思い、お引き受けした。

短い旅行は別として、わたしが本格的に韓国に出会ったのは八年前である。韓国語を学びにソウルに来たわたしは、ストレートで、激しく、エネルギーが有り余っている韓国人たちに出会って、自分が水を得た魚のように生き生きするのを感じた。他人に迷惑をかけず、自分の感情を抑制して表にあらわさない日本では、味わったことのない開放感だった。

その後日本に帰って大手電機メーカーにごく普通に勤めていたわたしは、ビジネスを立ち上げるため、勇気と好奇心と勘違いの自信だけを手に、一九九八年、再び韓国にやってきた。よく、日本の上司に「出べそ」といわれたが、わたしの夢は世界を相手に仕事をすることだった。日本にいたら決して実現できないと思ったから、自分がのびのびできる国に来てみた。

それからもう四年がたつ。

男性中心の韓国社会で女性が営業をするのはむずかしいといわれながら、財閥メーカー、製造現場の男性たちとぶつかったり、喜びを分かち合ったりしてきた。アジア一お酒の強い彼らと、真露焼酎を負けずに飲んで、次の朝は二日酔いに耐えながら、取引先に出向き、契約交渉をしたりした。

生まれて初めて自分で立ち上げた会社を大きくするために、必死で戦略を練りながら突き進んできた。韓国と日本をいちいち比較して非難している時間はなかった。とにかくお客様は韓国人だったから。

「三〇歳を過ぎて結婚もしない」と変人扱いされたり、女だからとプライベートにまで干渉してくる顧客にめげて泣いたことも数百回。甘酸っぱい恋と、それに続く失恋もいくつか経験した。

お腹の底から訴えれば応えてくれる韓国人には理論や常識では推し量れない情がある。嬉しいときはフィルムが切れる(記憶がなくなる)まで焼酎をとことん飲み明かし、仕事がうまくいかないとき、一人暮らしが寂しいとき、失恋したときは、周りの人に思いっきり迷惑をかけて悲しみを半分にできた。わたしはそんな韓国の人たちが大好きである。

この本の読者が、読む前よりもっと韓国を好きになってくれたら幸福だし、もし何とか自分の足で歩きたいと願っている女性たちに「この本を読んでなんだか元気になった」と言ってもらえたら、それ以上望むことはない。

最後に本書を出版するに際して、素人のわたしを優しく支えてくださった草風館の内川社長、多忙な仕事を言い訳にグズグズしているわたしにアドバイスをいただいた新 秀樹さん、諸星光さん、執筆協力いただいた松坂俊洋さん、編集協力いただいた井上敦子さん、イラストを描いていただいた北村彩日香さん、そして、わたしのホームページを愛読してくださった読者の皆さんに心からお礼を申し上げたい。

ソウルにて　著者

二〇〇二年二月一日

ケイコ・韓国奮闘記

著　者――西村佳子　Keiko Nishimura ©

一九六八年大阪生まれ。一九九五年、大手電機メーカーに勤務して、企業向け「モノづくり」ソリューションシステムの海外営業の第一線で営業・技術通訳を担当した。一九九八年に韓国のシステム販売会社設立のメンバーに加わり、ソウルへ赴任。設計システムの販売を通じ、韓国メーカーのモノづくりを支援。その特長を生かした製品の日本輸出にも携わっている。技術・情報系の日韓ビジネスのスペシャルコーディネートを目指している。

発行日――二〇〇二年三月一日
発行者――内川千裕
発行所――株式会社　草風館
東京都千代田区神田神保町三丁目一〇番地
装丁者――菊地信義
イラスト――北村彩日香
編集協力――井上敦子
印刷所――平河工業社
ISBN4-88323-123-2

SOFUKAN
tel 03-3262-1601 fax 03-3262-1602
e-mail:info@sofukan.co.jp
http://www.sofukan.co.jp